É possível um casamento entre Física e Literatura?

Conselho Editorial da Editora Livraria da Física

Amílcar Pinto Martins - Universidade Aberta de Portugal

Arthur Belford Powell - Rutgers University, Newark, USA

Carlos Aldemir Farias da Silva - Universidade Federal do Pará

Emmánuel Lizcano Fernandes - UNED, Madri

Iran Abreu Mendes - Universidade Federal do Pará

José D'Assunção Barros - Universidade Federal Rural do Rio de Janeiro

Luis Radford - Universidade Laurentienne, Canadá

Manoel de Campos Almeida - Pontifícia Universidade Católica do Paraná

Maria Aparecida Viggiani Bicudo - Universidade Estadual Paulista - UNESP/Rio Claro

Maria da Conceição Xavier de Almeida - Universidade Federal do Rio Grande do Norte

Maria do Socorro de Sousa - Universidade Federal do Ceará

Maria Luisa Oliveras - Universidade de Granada, Espanha

Maria Marly de Oliveira - Universidade Federal Rural de Pernambuco

Raquel Gonçalves-Maia - Universidade de Lisboa

Teresa Vergani - Universidade Aberta de Portugal

Ítalo Batista da Silva

É possível um casamento entre Física e Literatura?

2022

Copyright © 2022 Ítalo Batista da Silva
1ª Edição

Direção editorial: José Roberto Marinho

Ilustrador: Wilton da Silva Batista
Ilustração da capa: Wilton da Silva Batista
Capa: Fabrício Ribeiro
Projeto gráfico e diagramação: Fabrício Ribeiro

Edição revisada segundo o Novo Acordo Ortográfico da Língua Portuguesa

Dados Internacionais de Catalogação na publicação (CIP)
(Câmara Brasileira do Livro, SP, Brasil)

Silva, Ítalo Batista da
É possível um casamento entre Física e Literatura? / Ítalo Batista da Silva. – 1. ed. – São Paulo: Livraria da Física, 2022.

Bibliografia
ISBN 978-65-5563-275-0

1. Ficção brasileira 2. Física 3. Literatura I. Título.

22-134690   CDD-B869.3

Índices para catálogo sistemático:
1. Ficção: Literatura brasileira B869.3

Aline Graziele Benitez - Bibliotecária - CRB-1/3129

Todos os direitos reservados. Nenhuma parte desta obra poderá ser reproduzida sejam quais forem os meios empregados sem a permissão da Editora.
Aos infratores aplicam-se as sanções previstas nos artigos 102, 104, 106 e 107 da Lei Nº 9.610, de 19 de fevereiro de 1998

Editora Livraria da Física
www.livrariadafisica.com.br

Aos meus pais, Francisco de Sales da Silva e Marizete Batista de Oliveira da Silva pelo esforço e carinho com que me encaminharam para a vida, mostrando, a cada passo, que a luta é a aprendizagem da vitória.

Apresentação

A proposta da obra em questão é inovadora e ao mesmo tempo ilustrativa, uma vez que a narrativa é contada por um narrador personagem que ao mesmo tempo que conta a história, conversa e questiona o leitor sobre o caminhar dos fatos, bem como também traz conteúdos de Física com uma linguagem de fácil compreensão para qualquer pessoa. Em momentos da narrativa é discutida e mostrada a relação da Física com a Literatura, principalmente com os escritores de veia científica.

O protagonista da história é um professor de Física, o Josiel, que é casado com uma professora de literatura, a Marilene. Ambos trabalham na mesma universidade, vivenciam uma crise no casamento e decidem fazer uma terapia de casal. A narrativa é contemporânea e a história relata de maneira breve o período da pandemia do COVID-19.

Dessa forma, como dito, a forma de escrita do livro é inovadora, com a estrutura da escrita sem capítulos, seguindo uma escrita única (texto estendido), com ilustrações sobre conteúdos de Física e também de cenas da narrativa envolvendo os personagens. As ilustrações vão aparecendo no texto de forma contextualizada/relacionada com os acontecimentos. Espero que a leitura seja satisfatória e aprendam bastante Física através da sua possível relação com a Literatura.

Prof. Dr. Ítalo Batista da Silva.

Para início de conversa...

A palavra para definir o princípio da falácia é Impulso. Não o Impulso Físico, apesar de indiretamente estar envolvido. O pensamento tem estímulos? Poderia chamar de Impulso também? Neste caso é para a escrita desta história. Será que posso chamar assim?

Na Física considera-se como Impulso o produto da Força com o intervalo de tempo (I=F.Δt). O Impulso resultante é em um determinado sistema igual a variação da quantidade de movimento (ΔQ). A palavra Impulso apareceu pela primeira vez no século XVI e vem do latim, *impulsus – us*.

Não queria começar com este conceito. Tentarei ser mais didático na escrita, caminhando pelos trilhos da Física e da Literatura, duas áreas consideradas por alguns e até mesmo por você distintas, sem qualquer relação, porém desafiei-me em mostrar com este livro o quanto são próximas, complexas e abstratas, principal quando trata-se do mundo relativístico.

Então não poderia iniciar este bate-papo de maneira diferente.

A minha dúvida agora é se crio um(a) protagonista. Inicialmente pensei em um personagem masculino, professor universitário de Literatura ou de Física que passa por alguns conflitos pessoais. Se decidir por herói, descreverei minuciosamente sua vida. No entanto, li vários livros que tem grandes heroínas, como por exemplo **Alice no país de Quantum** de Robert Gilmore. Também sou fascinado pela história de Macabéa de Clarice Lispector do book intitulado de **A Hora da Estrela**. Sem falar de heroínas da teledramaturgia, como as Helenas de Manoel Carlos. A atriz Vera Fischer marcou na novela **Laços de Família**.

Mesmo com está dúvida, acredito que lá no fundo das ideias para a construção desta obra (se é que já posso chamar assim) o protagonista já está gerado, resta apenas chegar o impulso vindo de uma força versus o tempo para solucionar meu dilema.

Bem, antes do surgimento do meu personagem principal, falarei sobre uma ciência que tem como objetivo principal em sua essência a investigação dos fenômenos que ocorrem na natureza. Sua palavra tem sua origem etimológica do grego, *Physiké*, sendo datada pela primeira vez no século XIV. Dentre os objetivos da Física, um dos mais importantes é descobrir formas simples de resolver problemas aparentemente complexos e abstratos, muitas vezes sem qualquer explicação. Um dos instrumentos usados pela Física para conseguir esse objetivo, por exemplo, é a simetria. Sim, mas o que seria simetria? Segundo o dicionário Oxford language teria dois significados: 1) conformidade, em medida, forma e posição relativa, entre as partes dispostas em cada lado de uma linha divisória, um plano médio, um centro ou um eixo; 2) semelhança entre duas ou mais situações ou fenômenos; correspondência. Já no mundo da Física, de acordo com a Wikipedia (2022), a simetria é uma característica física ou matemática do sistema que é preservada ou permanece inalterada sob alguma transformação.

Além de sua simetria, a Física é uma das 3 ciências naturais, sendo a Química e a Biologia as outras. Vou fazer uma pergunta: imaginaria algo no nosso universo que não pudesse ter alguma explicação através da Física, seja por concepções absolutas ou relativísticas?

Sinceramente, não consigo imaginar nada, pois até mesmo o vácuo tem desta disciplina curricular que faz parte da grade de formação básica e também de muitas áreas nas universidades de nível superior (ciências exatas e da terra, bem como das ciências médicas).

A Física é dividida em Clássica e Moderna. Quando tratamos da Clássica, que leva em consideração o mundo absoluto, as concepções de espaço, tempo e massa não podem ser alteradas.

Quanto à ciência que estuda os fenômenos na natureza, a Física é classificada em áreas ou ramos do conhecimento, sendo: mecânica, calor, ondas, ótica e eletromagnetismo (estes da concepção clássica) e a Física moderna, que além de ser uma classificação, também é o último dos ramos.

Acho que já falei muito sobre Física e isto ocorrerá ao longo de toda esta história, bem como sua relação bem próxima com a Literatura.

Falando em Literatura mais uma vez lembrei da Clarice Lispector na sua obra **A hora da estrela**. Trarei uma citação do início deste livro, tanto para ajudar-me a construir e dar enredo ao meu personagem principal:

> Tudo no mundo começou com um sim. Uma molécula disse sim a outra molécula e nasceu a vida. Mas antes da pré-história havia a pré-história da pré-história e havia o nunca e havia o sim. Sempre houve. Não sei o quê, mas sei que o universo jamais começou.

Que ninguém se engane, só consigo a simplicidade através de muito trabalho.

Enquanto eu tiver perguntas e não houver resposta continuarei a escrever. Como começar pelo início, se as coisas acontecem antes de acontecer? Se antes da pré-pré-história já havia os monstros apocalípticos? Se esta história não existe passará a existir. Pensar é um ato. Sentir é um fato. Os dois juntos – sou eu que escrevo o que estou escrevendo. Deus é o mundo. (Lispector, 1995, p.21).

É com um sim que passo a informar que será um protagonista, cujo o nome será Josiel, um professor universitário de Física que tem uma carreira brilhante e invejável, porém uma vida pessoal não muito organizada. A *Entropia* (que em algum momento irei explicar o que é) parece estar presente em sua vida.

- Olá! Tudo bem! Onde fica o setor de livros sobre Física? Perguntou Josiel a um funcionário de uma livraria muito renomada da sua cidade.

- Só um momento senhor. Respondeu o funcionário que estava finalizando a organização de uns livros literários, não sendo muito simpático.

- Basta me falar qual o lado que posso achar. Não quero incomodar seu trabalho.

- Não incomoda, senhor. Por aqui, por favor.

Josiel estava procurando um livro que alguns de seus colegas de trabalho haviam comentado (trazia questões sobre o universo, era uma espécie de guia para o universo desconhecido) e com um título bem atraente.

- Aqui senhor a área que procura. Ciências exatas e da terra. A livraria por ser grande e muitas vezes deixam os clientes confusos sobre a localização dos livros. Qual o título da obra que procura? Perguntou o funcionário.

- Não tenho a menor ideia.

– Como?

– É o título do livro. Os autores são Jorge Cham e Daniel Whiteson. Agradeço a prestatividade! Posso procurar o livro.

– Senhor, posso ajudar. Não custa nada e também é minha função. Deixe-me ver. Acho que é este aqui.

– Este mesmo. Muito obrigado!

– Título meio estranho. Acho Física muito difícil. Minha avó diz que é coisa doido.

– Nada rapaz. Isto é puro mito. A Física é uma ciência linda. Tudo que você pensar no mundo tem dela. Inclusive alguns cientistas famosos tinham religião e acreditavam em Deus. Eu acredito, por exemplo. Nunca pensei em ser professor de Física. Amo o que faço! Como você se chama?

É possível um casamento entre Física e Literatura?

– Weliton, senhor!

– Olha Weliton, porque você não tenta ler algo que possa tirar um pouco dessa sua visão sobre a Física. Posso te indicar um bom livro com uma linguagem mais fácil.

– Agradeço, mas creio que não ajudará. Odeio cálculos! Nunca fui bom em matemática.

– Mais um entendimento errôneo. Bem, vou levar este livro mesmo. Obrigado pelo atendimento!

Josiel nada ficou surpreso com o entendimento que Weliton tinha sobre a Física. É muito difícil alguém gostar. São muitos os mitos e tabus ao redor desta matéria curricular. Não iria perder tempo tentando mostrar ou explicar para o funcionário da livraria o quanto o universo da Física é misterioso, complexo e abstrato. Estava contente por encontrar a obra que procurava.

Agora o que escrever? Como continuar essa história? Bem, estava pensando que poderia entrar com um novo personagem (talvez a esposa de Josiel) ou se daria continuidade neste diálogo de Josiel com Weliton. Acho melhor falar um pouco mais sobre a Física. O primeiro de seus ramos é a Mecânica, centrando-se no estudo do movimento dos corpos e da explicação de suas causas (isto em uma concepção absoluta). Divide-se em cinemática, subárea que estuda o movimento dos corpos, sem preocupar-se em explicar as suas causas e em Dinâmica, outra subárea que além de estudar o movimento dos corpos, procura explicar suas causas (a mitológica queda da maçã na cabeça de Isaac Newton contribuiu muito com a formulação das suas 3 Leis).

Queria que os pensamentos, os impulsos nervosos do cérebro pudessem brotar a inspiração para continuar o enredo de Josiel. Bem, ele é casado e sua esposa, por sorte ou ironia do destino é professora universitária e de Literatura. Bom casamento este, pois o Josiel sempre gostou de ler e escrever histórias reais ou de ficção. Sua mulher, Marilene, contribui significativamente nas conversas que tem com ele sobre literatura científica em alguns dos momentos de folga que têm do trabalho. Marilene tem uma admiração enorme pelo marido, principalmente pela carreira brilhante na universidade. Os dois trabalham na mesma instituição acadêmica e têm um projeto em comum sobre explorar o mundo da Física através de obras literárias. Seria mais ou menos ensinar Física caminhando pelos textos literários de autores consagrados no universo literário (seja autores de veia poética ou científica).

Sim, gostaria de voltar ao momento que meu protagonista estava na livraria já com a obra que procurava em mãos. De repente o celular toca. É Marilene.

– Oi Amor! Está podendo falar? Perguntou Marilene.

– Oi! Estou aqui no caixa da livraria pagando o livro que vim comprar. Ainda bem que encontrei. Posso falar sim.

– Josiel estou um pouco preocupada com o Mariano. A febre não passa e eu tenho que ir para universidade daqui a pouco para uma reunião do grupo de pesquisa. Você vai demorar muito para chegar em casa?

– Não. Já estou praticamente de saída. Logo chegarei. Essa febre do nosso filho não passa. Talvez seja interessante levar ao médico novamente.

– Verdade! Já dei o remédio. Vamos ver se baixa. Fico no aguardo aqui então. Beijos!

– Beijo!

Ainda não havia comentado com vocês que o Josiel também tem um filho: o Mariano. Uma criança de 3 anos de idade que vem passando por alguns problemas de saúde. Tem febre regularmente, preocupando seus pais dedicados. Tanto para Josiel quanto para Marilene, o filho é como se fosse tudo. Depois do nascimento de Mariano, tudo mudou em suas vidas. Com a vida profissional e o filho, a vida pessoal do nosso casal tem sido muito corrida: trabalho diariamente durante e semana na universidade e cuidar de uma criança doente. Eles acabam ficando sem tempo para relaxar juntos, como conversar, sair para um cineminha e em algumas situações até namorar.

Já em seu carro, no caminho para casa, mesmo com toda a preocupação com o seu filho, Josiel pensava que poderia ter tentando explicar melhor para o funcionário da livraria, o Weliton, o quanto a Física pode ser fascinante e prazerosa. Pensou que poderia ter mostrado situações do cotidiano, com aplicações da Física no mundo que o cerca, como por exemplo na própria livraria em obras literárias clássicas.

Também pensou que poderia ter falado de algum conceito físico ou fazer alguma pergunta ou afirmação. Mais adiante no livro irei abordar novamente. Pensei nestas: você tem força? Existe algum erro nesta afirmação? Digo neste momento que a força é gerada pela interação entre dois ou mais corpos. Um corpo isoladamente não tem força e sim energia que pode ser utilizada para realizar um trabalho, ou seja, alguma atividade interagindo com outro corpo. A força é definida na segunda Lei de Newton como o produto da força pela massa: F=m.a. Falarei mais sobre isto bem mais a frente ao longo da escrita.

Aproveitando este momento, retornarei a cinemática, subárea do ramo de mecânica (já afirmei por aqui isto). Como a cinemática estuda o movimento dos corpos, destaco que ela se classifica em Movimento Uniforme (MU) e em Movimento Uniformemente Variado (MUV). O MU é caracterizado pela velocidade constante e aceleração nula, enquanto que o MUV tem sua aceleração constante e diferente zero, com velocidade variando uniformemente com o passar do tempo.

Mas aí você pode estar se perguntando: o que é velocidade, aceleração, e o tempo? Boa! Na verdade, os três estão intimamente relacionados. A velocidade de qualquer corpo ou objeto pode ser calculada pela razão entre o espaço e o tempo. Sua unidade no Sistema Internacional de Unidades (SI) é o m/s, que significa que a cada segundo um determinado móvel desloca-se um certo espaço (comprimento). A maior velocidade conhecida é da luz com valor aproximado de 3×10^8 metros por segundo ou também 300.000 km/s, sendo o valor moderno mais preciso de 299.792.458 m/s. Irei em outro momento neste livro explicar um pouco mais sobre a questão da velocidade da luz.

Caro leitor, já a aceleração relaciona a razão da velocidade com tempo, ou seja, aceleração = velocidade/tempo. Quando se trata da mecânica clássica, as concepções de espaço e de tempo são absolutas, não alteradas, no entanto, quando trata-se de corpos viajando a velocidade da luz essas concepções passam a ser relativísticas. Você acha que seria possível viajar no tempo? Reflita sobre esta pergunta, pois em algum instante deste livro, irei tentar explicar também.

O tempo pode ser considerado como uma unidade padrão. Tudo está relacionado com o tempo. Dependendo do contexto, o tempo pode também ter significados diferentes, como a determinação das horas, dos dias, minutos e segundos, assim como a indicação do tempo em uma cidade.

A ampulheta, por exemplo, é um instrumento antigo que foi criado no século VIII depois de Cristo e até hoje algumas pessoas utilizam para calcular um certo tempo. É formada por duas âmbulas e um pequeno orifício onde a areia escorre. Quando a areia escorre por completo significa que uma quantidade de tempo já se passou.

Você em algum momento da sua vida pode ter feito a seguinte pergunta: o tempo pode voltar ao contrário? Ou melhor: existe a remota possibilidade de viagem no tempo? O tempo certamente tem uma direção, o que pode ser chamado de linha do tempo, uma direção específica que geralmente não pode ser voltada para trás. Está sempre seguindo seu percurso do passado para o presente e caminhando sempre para o futuro. Então não seria possível voltar no tempo? Já faz algum tempo que li uma matéria sobre a remota possibilidade de fazer o tempo percorrer em sentido contrário e sua direção específica. Não vou explorar isso, deixarei você pensar mais um pouco e quem sabe pesquisar mais sobre o assunto.

Um grande autor contemporâneo é o Stephen Hawking que em seu livro **Uma breve história do tempo** trás discussões científicas e bastante complexas, como por exemplo o Big-Bang, buracos negros, entre outros temas da cosmologia. Para entender melhor sobre o tempo é uma excelente obra. Josiel inclusive já leu esta obra, porém, ao que parece ficou com algumas dúvidas sobre o tempo, principalmente no que diz respeito a sua origem.

O tempo está intimamente relacionado com matéria e energia. Eita! E o que é energia? Falarei em um outro momento, pois neste exato instante o Josiel está chegando em casa para encontrar com sua mulher e filho. Preocupado e com dor de cabeça, foi logo questionando a mulher sobre o estado do filho.

– Oi amor! Como ele está?

– Baixou a febre. Vamos torcer para que não retorne. Agora está dormindo.

– Que bom! Então você pode ir à universidade mais tranquila. Pode deixar que cuido dele direitinho. Aproveito para começar a leitura deste livro.

– Parece interessante. Título bem sugestivo: **Não tenho a menor ideia**.

– O funcionário da livraria até ficou confundido com o título. Marilene, não seria interessante levarmos o Mariano para o médico. Esta febre tem sido mais frequente. Tenho medo de ser algo mais grave.

– Acho interessante, aguardamos um pouco mais. De repente pode não voltar mais.

– Certo. Quando voltar da faculdade vamos tentar tirar um tempinho para nós. Tenho sentido sua falta. Falta daqueles nossas conversas sobre viagens, literatura e tudo mais. Mesmo com toda essa correria, tenho pensado muito em nós. No nosso casamento.

– Josiel, também tenho refletido. Percebo que não temos tido muito tempo. A faculdade e os cuidados com a saúde do nosso filho têm tomado muito nosso tempo. Faz algumas semanas, inclusive, que não falamos sobre o nosso projeto na universidade de Física e Literatura.

– Verdade! Temos que conversar sobre isto também. Vou no quarto do Mariano ver se tá tudo bem.

– Vou indo então. Beijos!

Josiel seguiu às pressas para o quarto do filho. Ao chegar ficou observando-o dormir e se perguntou: Não sei se viveria se chegasse a perdê-lo. O amor de pai e filho é algo realmente verdadeiro. Verificou se a febre do Mariano havia passado e confirmou o que Marilene havia dito. Seguiu para o seu escritório e guardou o livro que havia comprado na estante e pensou que logo depois do um bom banho iria iniciar a leitura. Lembrou também que tinha que preparar sua aula na disciplina de Fenômenos Eletromagnéticos.

Enquanto o Josiel toma seu banho, imaginei o quanto a ciência é deslumbrante. O quanto é útil para a sociedade quando se destina ao seu objetivo maior: melhorar a qualidade de vida das pessoas. A utilidade dos remédios, os instrumentos desenvolvidos, como por exemplo o termômetro para verificação da temperatura. Vamos falar então um pouco sobre a temperatura. O que é temperatura? E também por que não falar sobre calor? O que seria o Calor? Você, por exemplo, tem calor? Vamos começar então por temperatura: grandeza física fundamental que mede o grau de agitação térmica das moléculas (sua unidade no SI é o Kelvin, sigla K). O calor está inteiramente associado à temperatura, uma vez que o mesmo é uma forma de energia em trânsito de um corpo para o outro devido a diferença de temperatura (sua unidade no SI é o

Joule com sigla J). Então, ninguém tem calor, assim como falei que ninguém tem força. Espero que tenha entendido.

Após o banho Josiel caminhou para o escritório em sua casa e pegou o livro **Não tenho a menor ideia** de Jorge Cham e Daniel Whiteson que havia comprado e começou a ler. A leitura foi mostrando o quanto a discussão era complexa e misteriosa sobre o universo desconhecido, como alguns de seus colegas de trabalho haviam comentado. Cham & Whiteson começaram o primeiro capítulo com uma pergunta bem provocante: Do que é feito o universo? Na verdade, todos os capítulos deste livro são perguntas interessantes e muitas vezes sem uma resposta precisa. No que diz respeito à constituição do universo, em termos de massa e energia, os autores citados anteriormente afirmam que aproximadamente 5% é o que temos conhecimento do universo, os outros 95% são de matéria escura e energia escura (em porcentagem são respectivamente 68% e 27%). Um desafio que terei também neste livro que escrevo é esclarecer um pouco o que são energia escura e matéria escura. Falando nisto, você pode estar perguntando-se: E como surgiu o universo? Será que o universo sempre existiu?

Então, segundo a interpretação mais clássica da teoria de Albert Einstein, o Universo teria começado em uma singularidade, ou seja, o Big Bang que, de acordo com muitos pesquisadores da área, foi o momento em que toda a matéria que existia, concentrada em um ponto infinitesimal, iniciou sua expansão violentamente. E partir deste instante, tudo o que conhecemos e também não conhecemos teria formado-se, inclusive eu e você. Porém uma questão interessante veio em minha mente: mas será que não existia algo antes do Big-Bang? Fica para você pensar.

Retornando para o momento em que meu protagonista encontra-se no escritório meio inquieto, ansioso e preocupado com a saúde do filho Mariano, ainda na leitura de seu livro, ocorre algo inesperado: ao folhear as páginas encontra um cartão da loja que havia comprado com um número de celular, possivelmente de whatsapp também. Josiel pensou em voz alta:

— Mas que estranho. Um cartão com um número de celular.

No mesmo cartão havia um nome escrito abaixo do número. Para surpresa de Josiel, minha e sua também estava escrito o nome Weliton.

— Por que razão este cartão estava neste livro? Terá sido o funcionário da livraria que o colocou?

Os pensamentos de Josiel neste momento ficaram meio sem resposta. Encontrar um cartão com o número possivelmente do funcionário que lhe atendeu na livraria estava soando meio estranho. Além do mais que havia uma mensagem escrita no cartão: *quando precisar de algum livro, só ligar*. Pensou:

— Ainda mais essa mensagem. Talvez o funcionário da livraria estivesse sendo gentil. Mas porque ele não me entregou o cartão e sim colocou no livro sem que percebesse? Não deve ter sido um gesto com outras intenções, acredito.

Perguntas foram martelando a cabeça do professor de Física que acabou decidindo pegar uma garrafa de vinho em sua humilde adega. Gosta mais de vinhos suaves, leves e que abram os caminhos para respostas de muitos de seus pensamentos sem solução, deixando-o ainda mais com dúvidas. O vinho que escolheu era realmente como gostava. Acabou relaxando um pouco. Decide ir ao quarto do filho Mariano e no caminho refletiu:

— Foi apenas um gesto gentil.

Entrando no quarto, observou fixamente o filho dormir. Um sono de criança e leve. Bom sonho poderia estar tendo. Josiel olhando para Mariano pensou o quanto o amava e que faria de tudo para ver o filho bem, pois não imaginaria viver sem ele, caso acontecesse algo mais grave. Decidiu que levaria o filho novamente ao médico e que iria exigir uma investigação mais profunda sobre o problema de saúde de Mariano, que até o momento estava sem um diagnóstico preciso. Falou para o filho:

— Marilene tem razão. Temos que investigar essa sua doença. Você tem dias que está alegre, correndo pela casa, vendendo saúde e outros dias com febre, cansado e inquieto. Se for preciso, sua mãe e eu mudaremos de pediatra. Acho que vou descansar um pouco também.

A preocupação com a saúde de Mariano só aumentava. Várias consultas com pediatra, remédios e nada de apresentar uma melhora significativa. Já em seu quarto, segurando a taça de vinho em frente a janela, admirando a vista do jardim de sua casa, lembrou da aula que daria amanhã sobre a Lei de Gauss na disciplina de Eletromagnetismo Básico em uma turma do curso de Física da universidade. Ainda da janela, vê que sua mulher acaba de chegar. Segue para o escritório levando a taça, senta em frente ao nootbook e vai dando uma olhada na aula que estava praticamente pronta. Marilene então entra e vai logo interrogando o marido:

— Amor, como está o Mariano?

— Bem. Dormiu bastante. Amanhã acho importante ligar para marcar consulta com o pediatra. Vamos pedir para passar por exames. Seja lá o que for, temos que descobrir o que nosso filho tem.

— Concordo. Iria falar justamente isso com você. É muito preocupante mesmo.

Marilene já bem próxima ao marido, abraça e dá beijos no rosto e boca. Observa que está tomando vinho em plena quarta-feira e acha até meio estranho, pois o marido não costuma beber regularmente e quando acontecia era no final de semana.

— Está concluindo sua aula de amanhã?

— Sim. Respondeu Josiel.

É possível um casamento entre Física e Literatura?   27

– Estranho vê-lo tomar vinho no meio da semana.

– Estava tenso com a situação do Mariano, precisava relaxar um pouco. Vinho é bom e abre os pensamentos.

– Sim, acho que irei tomar uma taça também. Sobre aquele nosso assunto, você acha prudente conversarmos hoje ainda? Sinto sua falta, principalmente na cama. Dos seus carinhos, beijos. Faz algumas semanas que não fazemos amor. Não sei o que pode está acontecendo.

– Vamos falar sobre isso amanhã ou depois. Estou exausto do dia e você deve está também. Acabou de chegar da universidade. Deixa eu concluir esta aula e vou deitar.

– Tudo bem! Vou ver nosso filho e depois deitar. Ver se não exagera com este vinho.

Olhando para um dos slides de sua aula que falava sobre superfícies gaussianas, que são superfícies imaginárias ao redor das cargas elétricas, sejam ela positivas ou negativas, Josiel refletia sobre seu casamento. Sobre sua relação com Marilene. Algumas questões e dúvidas surgiram em sua mente. Tentava concentrar-se na finalização de sua aula, porém não conseguia. Ficou mais um tempo no escritório, finalizou sua taça de vinho, passou no quarto do filho outra vez e foi deitar. Marilene já estava dormindo.

Meu Josiel estava muito cansado fisicamente e mentalmente também. O assunto de sua aula sobre a Lei de Gauss é bem complexo, pois relaciona o fluxo de campos elétricos em superfícies fechadas devido à existência de cargas elétricas dentro destas superfícies com volume determinado. No entanto, falei sobre algumas palavras que você pode estar questionando sobre o que seria: o que é carga elétrica? O que é campo elétrico? E essa relação da carga com o campo elétrico, como funciona?

Essas perguntas o Josiel deve responder quando está ministrando suas aulas de eletromagnetismo. A carga elétrica existe na constituição da matéria de todo e qualquer corpo ou objeto. Faz parte da constituição dos átomos. Prótons, elétrons e nêutrons são as partículas que formam a estrutura atômica. As cargas elétricas podem ser positivas (prótons) e negativas (elétrons). Já o campo elétrico fica ao redor das cargas elétricas e é justamente ele que gera a força elétrica de atração ou de repulsão entre as cargas. Corpos eletrizados com o mesmo sinal se repelem e corpos eletrizados com sinais opostos se atraem. O campo elétrico é uma grande física vetorial e possui linhas imaginárias que saem das cargas positivas e entram nas cargas negativas.

Agora gostaria de retornar ao livro **A hora da estrela** de Clarice Lispector, mais precisamente em trechos do final da obra. Trechos que discutem de maneira abstrata, complexa e também concreta conceitos da Física Clássica e da Física Moderna. Você vai pode observar a seguir:

> **Silêncio**. Se um dia Deus vier à terra haverá silêncio grande. O silêncio é tal que nem o pensamento pensa. [...]
>
> (Lispector, 1995, p.87)
>
> O final foi bastante grandiloqüente para a vossa necessidade?
>
> Morrendo ela virou ar. Ar **enérgico**? Não sei. Morreu em um **instante**. O instante é aquele átimo de **tempo** em que o pneu do carro correndo em alta **velocidade** toca no chão e depois não toca mais e depois toca de novo. Etc., etc., etc. No fundo ela não passara de uma caixinha de **música** meio desafinada.
>
> Eu vos pergunto:
>
> – Qual é o **peso da luz**?
>
> E agora – agora só me resta acender um cigarro e ir para casa.
>
> Meu Deus, só agora me lembrei que a gente morre.
>
> Mas – mas eu também?!
>
> Não esquecer que por enquanto é **tempo** de morangos.
>
> Sim. (Lispector, 1995, p.88)

O que é o silêncio? Este foi o questionamento da primeira palavra sublinhada no trecho. Você pode pensar na ausência de som. O som inclusive é tido como a vibração de um corpo que pode ser ouvida pelo ser humano. Os limites da audição humana ficam entre 20 Hz e 20.000 Hz, podendo se mover em qualquer meio que possa vibrar e que as vibrações são chamadas ondas sonoras e sua velocidade é de 340 m/s. E o que são ondas? Define-se como uma perturbação que se repete regularmente no espaço e no tempo, transmitida de um lugar a outro sem que haja transporte de matéria. As ondas classificam-se em mecânicas e eletromagnéticas, sendo o som uma onda mecânica.

Destaquei, estimado leitor no trecho as seguintes palavras: ***enérgico, instante, tempo, velocidade e música.*** Sobre a primeira das palavras, lanço a seguinte pergunta: o que é energia? Como vocês imaginam uma definição para energia? Bem, existem diversas formas de energia (sonora, luminosa, eólica, solar, elétrica e outras), porém não existe uma definição precisa sobre energia. Tudo que é matéria tem energia armazenada. Nosso corpo é um exemplo. Quando associa-se a energia ao trabalho, conceitua-se como a capacidade de realizar o trabalho físico (mecânico). As formas de energia que são utilizadas para alguma função são formas de energia que tem sua estrutura organizada. Energias desorganizadas não podem ser utilizadas, por exemplo, a energia térmica degradada para o meio ambiente. Com relação à palavra ***instante*** que refere-se ao tempo, ao momento que ocorreu, ocorre ou ocorrerá algum fato ou ação em um determinado momento ou circunstância.

Já a ***velocidade***, que tem sua origem etimológica no século XVII, conceitua-se como e taxa de tempo (rapidez) com que um objeto muda de posição. A rapidez junto com a direção e o sentido do movimento de um objeto. Pode ser uma grandeza vetorial e escalar. É expressa em m/s (metro por segundo) no Sistema Internacional de Unidades (SI). Sobre o substantivo feminino ***música***, foi definido como a arte e a ciência de combinar os sons de modo agradável ao ouvido.

Essas questões acho fantásticas: ***Qual o peso da luz?*** E a luz teria massa? Qual é a diferença entre peso e massa? Você pode está pensando que a luz não tem peso, pois não tem massa. Digo então que a força peso é calculada pelo produto da massa pela aceleração da gravidade (g) local, ou seja, aqui na terra é aproximadamente 9,8m/s^2. Cada planeta no universo, assim como cada satélite natural (a lua, por exemplo) tem um valor para a gravidade. A força peso tem como unidade o Newton (N), já a massa de todo e qualquer corpo a unidade no SI é kilograma (kg). A massa jamais poderá ser alterada, independentemente de onde esteja, enquanto que o peso, como já destacado, vai depender da aceleração da gravidade do planeta ou satélite natural no universo. Algumas perguntas muito comuns são: Qual é a natureza da luz? A luz é considerada como uma onda ou como partícula? Ou teria um caráter dual (onda-partícula)? Bem, a luz tem uma dualidade, podendo comportar-se como onda ou como partícula, dependendo da situação.

A luz tem a maior velocidade existente, sendo aproximadamente 299.792.458 m/s. Quem chegou primeiramente ao longo da História, Filosofia e Sociologia da Ciência (HFSC) ao primeiro valor moderno da velocidade da luz foi o físico francês Hippolyte Fizeau através de um experimento usando um sistema do qual ele chamou de "roda dentada". Este experimento baseava-se em focalizar a luz de uma fonte pontual sobre os dentes de uma roda dentada que gira com velocidade constante. O valor calculado por Fizeau para a velocidade da luz foi de 315.000 Km/s, número este próximo do real. Dois nomes importantes para as pesquisas em torno da velocidade da luz foram Albert Michelson e Edward Morley, que em 1881 acabaram por contribuir significativamente para a HFSC nas investigações de um experimento que tinha inicialmente o objetivo de afirmar a existência ou não de uma substância chamada éter, no entanto acabaram por comprovar que a velocidade da luz é finita e também demonstraram que ela é invariante, ou seja, tem um comportamento dual.

No que diz respeito à palavra tempo, também marcada no trecho de Clarice, os autores Silva e Faria (2019) no livro **Glossário Etimológico de Física** definem o tempo como: *A sucessão dos anos, dos dias, das horas, etc., que envolve, para o homem, a noção de presente, passado e futuro.* Também destaco do mesmo livro o conceito de espaço: *Distância entre dois pontos.* Também da referida obra a definição de espaço-tempo: *O continuum tetradimensional em que todos os eventos têm lugar e onde todas as coisas existem.* Três dessas dimensões são as coordenadas espaciais e a quarta é o tempo. Aí que te pergunto algo que você já deve-se ter refletido: Você acha que seria possível uma viagem no tempo? Eu mesmo já me perguntei várias vezes. Bem, não irei explorar essa pergunta agora, pois o Josiel está na sala tomando café com Marilene e seu filho. A mesa muito bem arrumada por Marilene com a ajuda da babá. Nada com muito exageros. Típico café da manhã de uma família classe média.

– Marilene, já ligou para a clínica e agendou a consulta do Mariano? Perguntou Josiel.

— Foi a primeira que fiz hoje, assim que acordei. Ainda bem que nosso filho acordou melhor e sem febre. O dia mais próximo com vaga é depois de amanhã às 10 horas. Você terá que levá-lo, pois irei ministrar aula de literatura brasileira em uma turma.

— Certo, amor. Na quinta-feira você sabe que não tenho compromisso na universidade. Falando em compromisso, temos que conversar sobre nosso projeto de Física e Literatura. Alguns estudantes estão querendo entrar. Mesmo que bolsistas voluntários.

— Verdade. Podemos conversar hoje à noite quando voltar do trabalho ou amanhã.

— Mamãe. Chamou o Mariano.

— Sim, meu filho.

— Quero mais leite.

— Suely.

— Sim senhora. Respondeu a babá do Mariano.

— Coloque um pouco mais de leite para o Mariano. E qualquer coisa Suely que precisar para essa nossa criança linda, pode ligar. Certo?

— Sim senhora. Pode deixar.

— Josiel, vamos almoçar juntos hoje. Quero ficar mais com você. Também temos que conversar sobre nós. Podemos aproveitar essa hora livre.

— Pode ser. Só não poderei ficar muito, tenho orientação com um estudante de mestrado. E este, está pertinho de qualificar e tem muito trabalho pela frente.

— Você não acha que esta nossa conversa já adiamos demais?

— Acho, porém, é um assunto delicado. Temos que ter calma e prudência.

— Sim. Está gostando do livro que comprou?

— É muito bom. Talvez poderemos utilizar no nosso projeto. Apesar de já ter algumas obras em mente.

— Deve ser bom mesmo. Você estava até tomando vinho.

— O vinho além de relaxar Marilene, abre inspiração aos pensamentos. Concluí a aula ontem à noite mesmo.

— Você passa lá no departamento de literatura e me pega para não irmos em carros diferentes?

— Passo.

Marilene terminou de tomar seu café e logo seguiu para o trabalho, porém estava certa de que tinha que conversar sobre sua relação com Josiel. Ela percebe que o marido tenta fugir dessa conversa, possivelmente com certo receio de como possa terminar. Ele sempre tenta distorcer o assunto falando de coisas do trabalho na universidade, como por exemplo o projeto de pesquisa em conjunto.

Ainda não falei o nome da universidade, nem muito menos o nome da cidade que passa-se a história do Josiel. É na cidade do Rio de Janeiro/RJ, também conhecida como cidade maravilhosa. Foi fundada em 1 março de 1565, ou seja, tem mais de 450 anos. Cidade litorânea, à beira-mar, muito famosa pelo Cristo Redentor no topo do Corcovado, pelo belo Pão de Açúcar (pico de granito) com teleféricos até seu ápice e também pelas lindas praias, como Ipanema e Copacabana. Outros pontos importantes do Rio de Janeiro são as grandes favelas e o fascinante carnaval (desfile de escolas de samba) que ocorre anualmente, sendo considerado o maior do planeta Terra. Particularmente gosto da União da Ilha do Governador e da Imperatriz.

Josiel e Marilene são professores adjuntos de Física e de Literatura respectivamnte. Ambos trabalham na Universidade Federal do Rio de Janeiro (UFRJ). Josiel sempre foi muito curioso desde o tempo de criança à adolescência pelo porquê das coisas, de tentar compreender melhor os fenômenos que ocorrem na natureza.

Como se conheceram? Boa pergunta. Ainda estou pensando nisso. Podem ter conhecido-se de diversas formas. Qual seria melhor? A mais coerente com essa minha história? Pode ter sido um encontro aleatório quando estudavam a graduação, ou até mesmo um amigo que pode ter apresentado um ao outro. Amigos de infância que se apaixonaram? Bem clichê! Ou simplesmente os dois acabaram se esbarrando em alguma das calçadas da vida? Gostei deste último. Em algum outro momento irei explorar melhor sobre a construção da relação do nosso casal hetero.

Agora em sua sala na Universidade, sentado em frente ao computador, Josiel encontra-se lendo o trabalho de mestrado do seu orientando Tácio do programa de Pós-graduação em Ensino de Física. Muito concentrado por sinal. O tema da pesquisa de Tácio é sobre a utilização da Física Experimental como estruturante para o ensino-aprendizagem da disciplina em questão. O nosso professor de Física também é muito ligado à linha de pesquisa de História, Sociologia e Filosofia da Ciência. Mostrar para os estudantes como o conhecimento de toda e qualquer ciência foi construído é realmente fascinante. As raízes do conhecimento da Física. A evolução dessa ciência de maneira gradual e de certo modo lenta ao longo dos tempos. A ciência foi gerada pelo homem, o único ser capaz na terra e talvez no universo de pensar e de saber fazer, de produzir e integrar conhecimentos das mais diversas áreas. Posso falar de múltiplos saberes construídos até o momento.

Aproveito para esclarecer o tempo e o espaço o enredo do Josiel, no presente momento, passa-se. O ano é de 2019, mais precisamente no mês de março. Em voz alta, o docente pensou:

– Parece bem interessante o trabalho do Tácio, porém sinto que falta alguma coisa. Tenho que pensar.

O celular do Josiel toca. É Marilene. Josiel fica meio apreensivo e parece não gostar muito da ligação. Olha para o celular. Atende.

– Alô!

– Amor, já terminei aqui minhas atividades. Se quiser, já pode vir me pegar. Está ocupado?

– Não. Que dizer, mais ou menos. Estava lendo o texto do meu orientando Tácio. Já são quase meio dia. Chego já aí para te pegar. Está com muita fome?

– Confesso que sim. Estava pensando em almoçarmos naquele shopping pertinho que fica aquela livraria que você tanto gosta de tomar café. Inclusive pensei em tomarmos um café lá depois do almoço. O que acha?

– Será ótimo. A orientação com o Tácio ficou para as 15 horas. Então teremos um tempo.

– Maravilha!

– Chego daqui a pouco.

Josiel depois de desligar o celular pensou que não tinha mais escapatória. A conversa com Marilene sobre a relação dos dois não poderia ser mais adiada. Antes, falarei mais sobre o processo de construção do conhecimento, ou seja, da ciência. De acordo com Silva e Faria (2019, p.45):

> Conjunto integrado de conhecimento sobre uma determinada área. Saber que se adquire pela leitura e meditação; instrução, erudição, sabedoria. Conjunto de conhecimentos socialmente adquiridos ou produzidos, historicamente acumulados, dotados de universalidade e objetividade.

A abrangência da ciência é muito complexa, abstrata, bem como também pode ser concreta, real e prática. Toda e qualquer ciência foi construída pelo homem, único ser pensante conhecido no universo capaz de produzir conhecimento.

Na antiguidade a ciência se denominava "Filosofia Natural", procurando-se obter respostas para questões referentes a fatos que ocorriam na natureza, como a queda de uma folha, a sucessão dos dias e das noites, por que necessitamos de alimentação, as estações do ano, porque sentimos calor e etc. Existem algumas classificações da ciência, como de Máximo & Alvarenga (2003) em: Ciências vivas (estudam os fatos e coisas relacionados com a vida); Ciências físicas – (estudam os conceitos e coisas inanimadas);e Ciências humanas (estudam os fatos relacionados mais perto com o homem). A Física nesta classificação ficaria em ciências físicas.

Outro ponto importante é que a ciência não é absoluta, até que se prove o contrário, por isto ela acaba sendo considerada exata por um tempo delimitado (até ser refutada por outras descobertas). Também é essencial destacar que a ciência é considerada com certa neutralidade, ou seja, quem produz conhecimento (cientista) deve evitar ao máximo a subjetividade, o chamado "achismo", excluindo emoções, questões religiosas, morais e políticas na análise e discussão de resultados. Na busca pelo conhecimento, o espírito científico é fundamental para possibilitar a construção de saberes científicos. O principal objetivo da ciência está em contribuir com o desenvolvimento da humanidade, melhorando significativamente a qualidade de vida das pessoas. No entanto, ocorre que em muitas situações a ciência acaba sendo utilizada de maneira distorcida pelo seu próprio criador, causando o mal para o homem, à sociedade como um todo.

Umas das formas de comprovação da ciência é o método experimental (principalmente na Física) que tem como pai o Galileu-Galilei, considerado também um grande revolucionário da Física clássica a partir do século XVII. Você deve ter percebido o quanto é complexo falar de ciência. Eu particularmente amo História e Filosofia da Ciência (HFC). Falar sobre as raízes do conhecimento, seja qual for a área, pode ser uma das formas de possibilitar maior estruturação e enriquecimento do ensino-aprendizagem de qualquer disciplina do currículo escolar, como por exemplo a Física.

Talvez vá distorcer um pouco a conversa agora, pois irei falar de algo que é de extrema importância para a disciplina de Física, falarei brevemente sobre os Parâmetros Curriculares Nacionais (PCNs), que até então direcionava as diretrizes para o ensino de Física, agora, mais recentemente, foi criada a BNCC (Base Nacional Comum Curricular) que está em vigor na Educação Básica. A BNCC é um documento tido de caráter normativo que define o conjunto orgânico e progressivo de aprendizagens essenciais que todos os estudantes devem desenvolver ao longo das etapas e modalidades da educação básica.

Já os PCNs são conhecidos como uma forma de estímulo e apoio à reflexão sobre a prática diária de docentes, como o planejamento de suas aulas e o desenvolvimento do currículo de sua escola. Para os PCNs o ensino de Física deve contribuir para a formação de uma cultura científica efetiva, que permita ao indivíduo (discente) a interpretação e a contextualização dos fatos, fenômenos e processos naturais, estando de acordo com as competências e habilidades que devem ser desenvolvidas no processo de construção do conhecimento da Física, que são: Representação e comunicação, investigação e compreensão e contextualização sócio-cultural. Cada uma dessas competências tem um papel fundamental para o ensino-aprendizagem da Física.

Você está achando que esqueci do Josiel? Pode ter pensado isto, porém ele está chegando no departamento de literatura da UFRJ para pegar Marilene. Terão um almoço importante, pois a esposa do nosso protagonista planeja conversar sobre a relação amorosa deles. Certamente será uma conversa bem calorosa e delicada. Marilene já dentro do carro:

– Amor, estou com uma fome de leão. Não comi nada desde o café da manhã. Muita leitura e orientações. Inclusive apareceu dois estudantes hoje interessados em participar do nosso projeto.

– Sério? Perguntou Josiel meio surpreso.

– Sim. Na verdade acho que são um casal gay. Tive essa impressão. Engraçado que um é aluno aqui do departamento. E o outro?

— O que tem o outro?

— Faz Física. O nome dele é Luan.

— O Luan. Não sabia que é gay. Bem, não vejo problema nenhum em participarem do projeto. Tem duas bolsas disponíveis. Conheço o Luan. Ele é bastante esforçado.

— Se você já tem boas referências. Ótimo. O Cláudio também parece ser bom e dedicado. Tirou ótima nota na disciplina de Literatura brasileira. Então podemos ficar com os dois. Acho até que eles fazem um bonito casal.

— Sim.

— Mas não quero perder o foco da nossa conversa.

— Claro! Marilene, você já tem ideia de onde podemos almoçar?

— No shopping próximo daqui tem uma comidinha ótima. Depois podemos tomar café naquele livraria. Josiel, o fato é que tenho sentido muito sua falta como marido. Sinto falta de carinho. De sexo. Depois que o Mariano nasceu você mal tem me procurado. Tenho desejos por você. E as vezes acho que você perdeu o desejo por me.

Josiel no caminho para o shopping em seu carro calou-se e neste momento refletia sobre o que falar. De fato, a relação dos dois não estava nada calorosa. Já fazia um certo tempo que não tinham relação sexual e com a chegada do filho Mariano o intervalo de tempo entre uma relação e outra tornou-se cada vez maior. Talvez o trabalho, a correria do dia-a-dia ou, na pior das hipóteses, o desejo dele para com sua esposa havia diminuído. Ou talvez algo mais complexo estaria por trás. Mas o que seria?

Sentados na mesa de um restaurante não muito caro no shopping, já almoçando, os dois continuavam conversando. Marilene insistia por respostas, porém Josiel continuava calado, deixando sua companheira ainda mais ansiosa. Ele ainda tentou algumas vezes fugir do assunto falando sobre o projeto de pesquisa que têm em comum ou algo relacionado ao trabalho na universidade.

Você acha que devo continuar escrevendo esta conversa? Ou falo um pouco sobre a relação da Física e da Literatura. Falarei então sobre este último. Para início de conversa faço o seguinte questionamento: é possível um casamento entre Física e Literatura?

Tentarei responder fundamentado em alguns inscritos. Um precursor da aproximação entre Física e Literatura foi o físico e escritor inglês Charles P. Snow (1905-1980) que, há cerca de 40 anos, sugeria que a separação entre as comunidades de cientistas e escritores dificultava a solução de diversos problemas que envolviam a humanidade à sua época. Ele salientava que essa separação trazia implicações de natureza ética, epistemológica e educacional.

Ainda segundo Snow (1997) pode parecer estranho a insistência na tentativa de aproximar a Física e a Literatura, duas áreas do conhecimento aparentemente tão distintas e antagônicas que chegam a ser alvo de uma polêmica entre as duas culturas. Para Zanetic (2006) essa aparente desconexão em procurar associar ciência e arte foi abordada por diversos autores, alguns contrários e outros favoráveis a essa aproximação. E você até então, é favorável ou contrário a este casamento? Confesso que sou totalmente favorável. Veja alguns dos meus argumentos referenciados positivamente por alguns autores:

> A imaginação nos atinge e nos penetra de formas diferentes na ciência e na poesia. Na ciência, ela organiza nossa experiência em leis, sobre as quais baseamos nossas ações futuras. A poesia, porém, é outro modo de conhecimento, em que comungamos com o poeta, penetrando diretamente na sua experiência e na totalidade da experiência humana. (BRONOWSKI, 1998, p. 20).

Outro autor destaca:

> A ciência está se tornando cada vez mais presente no teatro, onde é vista como uma fonte de ideias e metáforas. Acredito que não devemos descuidar do potencial da ciência como uma fonte abundante de imagens mentais para o teatro. A pesquisa científica pode prover novas linguagens físicas para a expressão teatral e novos modos de examinar e representar o mundo. (BAll, 2002, p. 169).

Mais um escritor defende ainda:

> Ciência e poesia pertencem à mesma busca imaginativa humana, embora ligadas a domínios diferentes de conhecimento e valor ... Na origem desses dois movimentos, as incertezas de uma realidade complexa que demanda várias faces que podem transformarse em versos, em gedankens (pensamento ou ser representados por formas matemáticas. (MOREIRA, 2002, p. 17).

Você acha que estes argumentos são fortes? Ficou convencido dessa aproximação da Física e da Literatura? Talvez o Zanetic (2006, p.60) possa ajudar quando destaca em seu artigo que existem escritores de veia poética e escritores de veia científica (aqueles mais voltados a Física clássica e outros mais direcionados pela Física Contemporânea), como por exemplo na parte científica:

> Edgar Allan Poe (1809-1849) utilizou em muitos de seus contos conceitos físicos e matemáticos, como em "O mistério de Maria Roget" e "A carta furtada", nos quais o personagem central é provavelmente o primeiro detetive da ficção policial, C. Augusto Dupin. Já no ensaio Eureka, seu último livro publicado em vida, escrito em 1847-1848, Poe apresentou um longo estudo sobre o método científico e sobre a teoria gravitacional de Isaac Newton, entre outros temas.

Acredito que os argumentos apresentados sobre esta aproximação foram bem fundamentados. Particularmente acho que todo professor, independente da disciplina que ensina, pode ser professor de leitura e esta pode ainda ser transformada em uma atividade interdisciplinar envolvendo os professores de Física, literatura, entre outras disciplinas. O historiador da ciência David Knight sugere a história da ciência como a cola para acoplar as duas culturas. Para estabelecer esse diálogo é preciso que o leitor domine de forma competente a leitura e a escrita, portanto a literatura deve ter um papel de destaque na formação do cidadão contemporâneo. Gomes e Almeida (2011) afirmam que a associação entre Física e Literatura é possível. Na área de ensino de Física, Silva e Almeida (1998) argumentam que o espaço de leitura pode ser realizado através dos livros didáticos e aos que eles denominam de "textos alternativos", em que se enquadram os romances, poesias, textos de divulgação científica e textos jornalísticos.

Nossa, parece aqui que estou também tentando argumentar sobre o projeto que Josiel e Marilene têm em comum na UFRJ. Porém, só para finalizar essa conversa e voltar para a conversa do nosso casal de personagens, como já destaquei ao longo da obra, a Física é a ciência que estuda os fenômenos naturais, sendo também uma disciplina do currículo escolar no ensino secundário. Já a Literatura relaciona-se a arte de compor ou escrever trabalhos artísticos, seja em poesia, prosa, teatro e outras formas. A Literatura e a Física podem habitar o mesmo ambiente cultural, como fundamentado por autores renomados anteriormente. Não só a Física influencia a Literatura como vice-versa. Não no sentido de uma causalidade direta, mas sim no de um quadro interpretativo comum, de uma linguagem comum, de imagens e metáforas. Penso, dessa forma, que é realmente possível o casamento entre a Física e a Literatura.

Josiel é professor de Física e a Marilene de Literatura. Até então o casamento de ambos parece que vai caminhando, porém com alguns problemas. A relação sexual não vai nada bem. Falando neles, estão sentados, de frente um para o outro, com olhares fixos e ao mesmo tempo tentando disfarçar a angústia que estavam sentindo. A conversa estava ficando cada vez mais delicada e nosso protagonista não gostaria de magoar sua esposa. Após pensar muito, Josiel falou

— Marilene, eu te amo! Estava aqui lembrando daquele dia que nos conhecemos. Tivemos uma conexão tão interessante. Apesar do encontro não ter sido nada casual. Tudo bem aleatório. Nos esbarramos na livraria.

— Eu tinha percebido o seu olhar na minha direção. Acho que fiquei meio tonta e acabei derrubando aqueles livros quase em cima de você. Foi tudo tão rápido. Uma química muito excitante. Não consigo entender porque estamos passando por isso agora. Até nosso filho nascer, nossa vida afetiva estava ótima. A impressão que tenho é que nosso filho meio que esfriou na relação. Sei que ele não tem culpa.

— E não tem. Na verdade, o Mariano acabou fortalecendo ainda mais nossa união. Tivemos e temos que dar atenção para ele. Os cuidados.

— Josiel, você não tem me procurado mais. O sentimento que tenho é que você perdeu o desejo por mim. Eu tenho desejos. Te desejo! Sou mulher e tenho minhas necessidades. Você não tem vontade de fazer amor? Não tem o mesmo desejo de antes?

— Claro que tenho. A correria do trabalho acaba também influenciando. Eu acho. Realmente não sei explicar. Não sei se são os hormônios. Enfim…

— Me sinto aflita. Parece que nosso casamento está caminhando para um fim. Sei que atenção, carinho, conversas e companheirismo você sempre me dá. Disto não posso reclamar. Mas eu tenho desejos, meu amor. Eu te desejo tanto. Talvez uma terapia de casal ajudasse. Investigar o nosso problema. O fato é que não podemos mais ficar assim.

— A terapia pode ser bom. Prometo que hoje à noite irei me esforçar. Podemos tomar um vinho com uma tábua de frios, ouvir uma boa música e dançar no nosso quarto. Isto depois que o Mariano dormir. Ficamos quietinhos.

— Talvez uma viagem. Só nós dois.

— Com nosso filho doente. Sem um diagnóstico preciso. Acho complicado.

— Concordo. A saúde do Mariano é prioridade. Podemos deixar para depois. Vamos tentar terapia?

— Posso pensar um pouco mais sobre o assunto?

— Claro.

É possível um casamento entre Física e Literatura?

O professor de Física demonstrou para Marilene que não tinha rejeição à ideia de fazerem terapia de casal, apesar de que em seus pensamentos não parecia ser uma boa saída para o problema dos dois. Pensou sobre falar de seus sentimentos, atitudes e vontades para uma pessoa desconhecida. Não estava vendo com bons olhos a possível solução apresentada pela sua esposa. Iria tentar durante o vinho que tomariam a noite, mudar os pensamentos de Marilene. Está então já tentando melhorar o clima entre os dois, propõe:

– Amor, vamos tomar um café naquela livraria que tanto gosta. Temos tempo ainda antes de retornarmos para a universidade.

– Vamos. Um cafezinho sempre é bom depois do almoço para dar aquela animada.

– Fico tão feliz Josiel de termos conversado. Iremos juntos resolver. Tenho certeza. Nos amamos.

– O tempo sempre trás soluções. Sei que me deseja. Que está inquieta. Prometo dar mais atenção a nossa relação. Tentarei esquecer um pouco o trabalho e encontrar tempo para ficar com você.

– Sim. Eu te amo!

– Eu também. Vamos tomar café?

Caminhando para a livraria, Josiel pensou ainda mais em como encontrar as palavras certas para convencer Marilene sobre não precisarem de terapia de casal. Depois de um bom vinho acompanhado de bons aperitivos e de uma noite de amor calorosa, talvez fosse mais provável convencê-la. Chegando na livraria, ao subir a escadaria que dava acesso ao salão do café, avistou de longe o funcionário Weliton. Aquele que deixou sem que ele percebesse um cartão com informações de contato de celular e whatsapp. Perguntou-se se talvez Weliton teria visto ele e sua mulher. Sentiu-se um pouco envergonhado também. Possivelmente pelo fato do ocorrido tê-lo deixado muito pensativo sobre as intenções do funcionário da livraria.

O casal seguiu e Marilene sentou-se em uma mesa ao lado da escada. Josiel ficou bem em frente, dando para observar o movimento na livraria.

Olhava de instante em instante buscando ver se o Weliton estaria observando-o também. Sentiu um certo calafrio devido ao receio de Marilene perceber algo de diferente. Então parou de olhar em direção a movimentação da livraria. Fixou seu olhar na sua esposa e pensou se não seria o momento de questionar o funcionário sobre o por que do cartão colocado dentro do livro. Porém desistiu da ideia e pediu o café sem açúcar.

– Boa tarde! Por favor, gostaria de um café bem forte e sem açúcar. Pediu ao funcionário da cafeteria.

– Anotado, senhor. A senhora também deseja o mesmo?

– O mesmo. Respondeu a professora de Literatura.

– Gostariam de algo mais?

– Não. Só isto mesmo. Obrigado!

Após a saída do garçom, Josiel logo questiona:

– Marilene a babá não te ligou para falar sobre o Mariano?

– Não. Acredito que está tudo bem, se não, ela ligaria. A Suely tem sido bem competente.

– Aparentemente sim. As vezes acho ela meio desconfiada. Talvez seja uma implicância minha.

– Você é um pai preocupado. Essa inconstância na saúde dele me deixa muito angustiada. Iremos descobrir este problema.

Josiel olha para o lado da escada e então ver Weliton olhando fixamente em sua direção com olhos de quem queria dizer algo. O que seria então? Bem, falando em olhar, lembrei dos olhos de ressaca de Captu, personagem do livro **Dom Casmurro** de Machado de Assis. Não sei afirmar se o olhar foi o mesmo, porém parecia bem nítido e claro que Weliton havia reconhecido Josiel e que lembrava do cartão que o funcionário havia colocado dentro do livro. Weliton acenou, sem que Marilene percebesse a comunicação por meio do olhar dos dois.

– Está tudo bem amor? Perguntou à Marilene.

— Claro. Só me distrai um pouco.

— Pensando no nosso filho?

— Sim. Por que não liga para a babá?

— Vou ligar.

— Enquanto você liga, irei ao banheiro.

Enquanto o Josiel caminha para o banheiro, antes da sua chegada, irei relembrar o conceito de força. Como dito, a força é gerada pela interação entre dois ou mais corpos, sendo um agente capaz de atribuir aceleração a um corpo. Isto já havia falado para você, porém ainda não tinha dito sobre sua classificação: forças de contato e forças de campo. Na primeira os corpos têm que está em contato físico, como por exemplo a força normal, de atrito, elástica e entre outras. As forças de campo agem a distância, sem contato físico. Exemplos clássicos são as forças peso (devido a aceleração gravitacional) e a força elétrica (ocasionado pelo campo elétrico ao redor das cargas). Trouxe este lembrete sobre força porque será fundamental para o que irei trazer agora: As três Leis de Newton. Estas Leis são essenciais para explicar a causa do movimento de todo e qualquer corpo. Inclusive, caro leitor, umas delas traz uma equação para calcular a força: $F = m.a$.

O criador dessas três Leis foi Isaac Newton (1643-1727), considerado por muitos historiadores e cientistas como uma espécie de Deus para a Física Clássica. É uma figura importantíssima para a História e Filosofia da Ciência (HFC), sendo considerado um revolucionário cientista para sua época com grandes contribuições na matemática, na astronomia, na teologia e principalmente para a Física. Contribuiu significativamente para o desenvolvimento da humanidade. A sua mais importante contribuição para muitos pesquisadores foi a Lei da Gravitação Universal. No entanto, falarei sobre ela mais na frente, agora ficarei na mecânica, mais precisamente na dinâmica.

Isaac Newton construiu três Leis que levam justamente seu nome nelas também. A primeira Lei de Newton ou Princípio da Inércia afirma que se um corpo está em repouso ele tende a permanecer em repouso e se um corpo está em movimento (sendo neste caso a resultante das forças nula), por inércia, ele tende a continuar o movimento, a não ser que uma força externa atue para alterar o estado de repouso ou de movimento. Mas o que seria inércia? Você pode estar justamente questionando-se sobre isto. A inércia é uma propriedade da matéria, considerada como a tendência de um corpo ou objeto continuar em seu estado de repouso ou de movimento (movimento retilíneo e uniforme). É uma espécie de resistência de sair do estado em que a matéria (objeto ou corpo) encontra-se. Bem, você deve lembrar

lá no ensino fundamental que matéria é tudo aquilo que tem massa e ocupa lugar no espaço. Uma aplicação simples da primeira lei de Newton é o cinto de segurança nos automóveis.

A segunda Lei de Newton ou Princípio fundamental da dinâmica é definida pela equação: a força resultante é igual ao produto da massa pela aceleração (F=m.a). Como você pode observar, esta lei trata da relação entre força e aceleração, sendo a força diretamente proporcional à aceleração. Um exemplo no nosso cotidiano é o movimento dos carros, assim como de todo e qualquer corpo. Este movimento está sob a ação de uma força, sendo calculado pela segunda Lei. A força gerada em um empurrão, um soco ou chute também são aplicações.

E antes de retornarmos ao nosso protagonista, falarei sobre a terceira Lei de Newton ou Princípio da ação e reação. Segundo esta Lei toda ação de uma força gerada pela interação entre dois ou mais corpo é correspondida por uma reação de mesma intensidade (módulo), mesma direção, porém o sentido é oposto. Se você, por exemplo, chutar a parede, a mesma chuta seu pé com mesma intensidade e direção, sendo o sentido de aplicação oposto. A ação e a reação são aplicadas em corpos diferentes, nunca no mesmo corpo.

– Oi! Tudo bem com o senhor?

– Sim. Muito trabalho na livraria?

– Sim. Nunca paro. Agora mesmo tive um pequeno intervalo apenas para vir ao banheiro. Sei que gosta de livros de Física. Acho que não chegou nenhum novo. Sabe, fiquei até curioso para ler algo sobre.

– Sério?

– Sim. Só não sei por onde começar. Tem muitos livros lá no setor.

– Estava até querendo te perguntar algo.

– Algum livro?

– Sim. Bem rapaz, depois passo na livraria e procuro. Tenho que ir trabalhar.

– Não esquece de me indicar uma boa leitura. Confesso que depois que você me falou naquele dia que a Física não é este bicho de sete cabeças fiquei interessado em quem sabe estudar um pouco sobre ela.

– Posso indicar sim.

– Se quiser pode me mandar algum título por mensagem.

– Como? Ah! O cartão.

– Sim, pode servir para isto também.

– Ok! Até mais!

Com a finalização da conversa, Josiel segue para a mesa onde está Marilene. No caminho, com o coração acelerado e meio pálido com a surpresa, pensa que o encontro com Weliton no banheiro não ocorreu aleatoriamente, pois acredita que o funcionário pode ter premeditado o momento. A conversa entre os dois pareceu tranquila e harmoniosa. Weliton havia meio que deixado claro que sabia sobre o cartão e deu a impressão que o mesmo aguardava contato de Josiel.

Chegando na mesa, Marilene logo questionou:

— Está tudo bem? Parece preocupado.

— Sim. Só acho que devemos nos apressar, pois nosso horário de almoço já está finalizando e temos muito trabalho na universidade.

— Verdade. Confesso que já estou ansiosa para nosso vinho amor.

— Que bom!

Josiel apesar de demonstrar certa empolgação com o momento amoroso planejado, sentia também um pouco de inquietação e já pensava em como convencer Marilene a desistir da terapia de casal. No carro, Marilene sentia-se mais aliviada pelo bom resultado da conversa que teve com o marido e também aguardava com ansiedade o vinho com os petiscos logo mais à noite. Resolveu ligar para a babá Suely para sondar se está tudo bem com o filho Mariano.

— Boa tarde, Suely! Está tudo bem com vocês aí em casa?

— Boa tarde! Está tudo bem, sim senhora.

— Que bom! A febre não retornou?

— Não. Ele inclusive está dormindo agora. A senhora deseja mais alguma coisa?

— Sim. Gostaria que verificasse se tem queijos na geladeira e salame. Veja se na despensa tem azeitonas também. Josiel e eu pretendemos tomar um vinho. Se estiver faltando alguma coisa, pode comprar.

— Certo. Vou verificar e respondo por mensagem.

— Ótimo! No máximo umas 18 horas estaremos chegando em casa.

Com a notícia que o filho estava bem, Marilene sentia-se mais aliviada, assim como Josiel. Este por sua vez, apesar de demonstrar tranquilidade, mentalmente refletia ainda sobre e pequena conversa com Weliton no banheiro da cafeteria. Lembrou então da orientação com o estudante Tácio.

— Amor, vou chegar na universidade bem próximo do horário da orientação com o Tácio. Quando podemos nos reunir com os bolsistas do nosso projeto?

— Josiel, acho que amanhã. Até marquei horário com eles por volta das 10 horas.

— Que bom! Vai dá para eu participar.

— Precisamos iniciar o plano de metas e atividades. Cláudio e Luan demonstraram perfil para as atividades. Estava até pensando em algumas obras para as oficinas. Acho que podemos trazer escritores clássicos da literatura internacional e nacional. Os de veia científica encaixam bem na nossa ideia. Acho o livro que você indicou de **Alice no país de quantum** de Robert Gilmore enquadra-se bem na proposta. Lógico que vários outros autores, como por exemplo Monteiro Lobato com a obra **Viagem ao céu** encaixa-se bem com a proposta.

— São bons livros. Da literatura estrangeira o livro **Os Irmãos Karamazov** de Fiódor Dostoiévski é um clássico, considerado por alguns escritores umas das maiores obras. Freud considera a maior obra da História. **A divina comédia** de Dante Alighieri podemos adotar também.

— Verdade. É uma obra fantástica baseada na simetria, sendo dividida em 3 livros: inferno, purgatório e paraíso.

— Muito bom! É um poema o livro, se não me engano?

— É sim.

— Não vamos esquecer Clarice Lispector. **A hora da estrela** tem que estar entre estes livros.

— Claro.

Falar sobre o projeto que têm em comum sempre animava-os. A conexão entre eles era bem forte e produtiva. Seguiram até a universidade falando sobre o projeto e das obras literárias que possivelmente adotariam para utilizar nas oficinas de Física e Literatura que propõem no projeto. Chegando na universidade, Josiel segue para sua sala. Lá estaria o Tácio aguardando orientação de sua pesquisa de mestrado.

— Boa tarde, professor! Tudo bem!

— Boa tarde! Está tudo bem! Está tudo certinho com você?

— Tudo tranquilo.

— Bem, vamos entrando.

Tácio estava nervoso pois esse orientação com Josiel seria de extrema importância, tendo vista que o prazo para sua defesa de dissertação estava chegando e ele ainda tinha algumas lacunas para preencher no texto. Josiel senta e fica de frente ao seu orientando e vai logo questionando:

- Então Tácio, como anda a escrita do texto? Conseguiu avançar do nosso último encontro para cá?

- Bem professor. Evolui consideravelmente. Até já enviei para seu e-mail o texto agora no fim da manhã. Explorei os resultados e discussão como o senhor me orientou e enfim, fiz a conclusão.

- Muito bem! Deixe-me abrir aqui meu e-mail. Tinha até começado a ler seu texto hoje pela manhã, porém não havia terminado. Na conclusão você respondeu a todos os objetivos propostos? Isto é muito importante.

- Acredito que sim.

- Na leitura que fiz senti falta de descrever melhor como realizou o experimento. Detalhar bem a proposta metodológica que aplicou. O plano de aula e os questionários devem ficar no apêndice e não anexos. Explore bem as respostas e se possível compare com algum trabalho publicado na literatura. Pode ser um artigo ou até mesmo trabalhos de conclusão de curso. Tem algumas TCC's boas sobre Física experimental. Vou continuar lendo aqui de onde parei.

- Ok professor!

Josiel seguiu dando as orientações e estava certo de que o trabalho teria bons frutos, como a publicação de um artigo científico em alguma revista brasileira sobre Ensino de Física ou sobre Física Experimental. Tácio desde a graduação em Física vem trabalhando com Josiel. Após terminar leitura diz:

- Tácio, seu trabalho está bom. Acredito que você já pode começar a escrever o artigo. Com certeza será aprovado e com isto irá fortalecer ainda mais sua dissertação para a defesa. Podemos inclusive já pensar em uma data para e banca.

- Que bom! Para quando poderíamos agendar?

— Daqui a 2 meses. Quase no final do seu prazo e com isto teria tempo de concluir e submeter o artigo. Quem sabe já defende sua dissertação com ele aprovado e publicado.

— Seria perfeito. Vou dedicar-me a este artigo. Assim que ficar pronto mando para o senhor ler.

— Ok!

Escrever realmente não é algo fácil. Você mesmo já deve ter passado por alguma situação desta natureza, seja para escrever uma carta, aquela redação sobre o que fez nas férias do ensino básico, até textos mais elaborados e científicos. Eu mesmo passo aqui por muitas dificuldades na escrita deste livro. Acho que já posso chamar desta forma, pois já evoluiu bastante. O que escrever? Como escrever? E sobre o que escrever? São perguntas como estas que fico fazendo-me nesta escrita. Pensar e escrever as ações dos meus personagens é cansativo, porém empolgante quando encontro as palavras certas para o texto. Agora estou pensando sobre como continuar esta história. Talvez vá para a casa de Josiel e relate a conversa dos dois tomando o vinho que combinaram no almoço. Ou talvez remeta um pouco mais sobre a relação de Josiel com Weliton? Tenho que decidir sobre o que escrever agora. Já sei, irei dissertar um pouco sobre a influência da Física em obras clássicas da literatura brasileira. O que vocês acham de Monteiro Lobato no livro **Viagem ao Céu**? Apesar do livro ser do gênero infantil publicado em 1932 e traz discussões consideráveis na Física e na Astronomia também. Inspirou a série da rede Globo de televisão intitulada de **Sítio do pica pau amarelo** de grande sucesso, onde diversos personagens vivem histórias mágicas, protagonizando aventuras inesquecíveis. É uma narrativa bastante rica não somente em aventura e imaginação, mas em astronomia.

Uma passagem no livro de Monteiro Lobato **Viagem ao céu** do capítulo que leva o mesmo nome e que me chamou atenção devido trazer um instrumento óptico importante para as descobertas da Astronomia é o seguinte:

Daquela brincadeira do telescópio nasceu uma idéia – a maior idéia que jamais houve no mundo: uma viagem ao céu! A coisa parecia impossível, mas era simplicíssima, porque ainda restava no bolso de Pedrinho um pouco daquele pó de pirlimpimpim que o Peninha lhe dera na viagem ao País das Fábulas. (LOBATO, 1943, p.16)

Ficou bem claro no trecho de qual instrumento tratava-se, no caso o telescópio, considerado uma das invenções mais importantes da ciência. Foi inventado na Holanda em 1608 por um fabricante de lentes chamado Hans Lippershey. No entanto, o telescópio construído pelo italiano Galileu Galilei ganhou mais destaque, sendo considerado um dos episódios mais importantes para a História da Ciência. O instrumento tinha capacidade para aumentar aproximadamente nove vezes os corpos focados. Outro momento importante e que traz discussões sobre a Física do livro de Monteiro Lobato:

– E qual é a sua opinião, burro, sobre a formação da Lua? Há várias hipóteses.

– Sim. Uns sábios acham que a Lua foi um pedaço da Terra que se desprendeu no tempo em que a Terra ainda estava incandescente. Outros acham que o planeta Saturno foi vítima duma tremenda explosão causada pelo choque dum astro errante. Fragmentos de Saturno ficaram soltos no céu, atraídos por este ou aquele astro. Um dos fragmentos foi atraído pela Terra e ficou a girar em seu redor.

– E sabe que tamanho tem a Lua?

– O volume da Lua é 49 vezes menor que o da Terra. A superfície é treze vezes menor. A superfície da Lua é de 38 milhões de quilômetros quadrados – mais que as superfícies da Rússia, dos Estados Unidos e do Brasil somadas.

Pedrinho admirou-se da ciência do burro. Não havia lido astronomia nenhuma e estava mais afiado que ele, que era um Flammarionzinho... Mas não querendo ficar atrás, disse:

– Pois eu também sei uma coisa da Lua que quero ver se é certa. O peso de tudo aqui é mais de seis vezes menor que lá na Terra. Um quilo lá da Terra pesa aqui 154 gramas. Eu, por exemplo, que lá em casa peso 46 quilos, aqui devo pesar 7 quilos!... É pena não termos uma balança para verificar isso.

– Há um jeito – lembrou o burro.

– Dê um pulo e veja se pula seis vezes mais longe que lá no sítio.

(LOBATO, 1943, p.18)

Acredito que você deve estar questionando-se sobre os motivos de trazer citações da obra de Monteiro Lobato. Ou talvez porque deixei de lado meu protagonista. Na verdade, creio que você já deve ter entendido, já que chegou até aqui na leitura. A ponte entre Física e Literatura é uma constância aqui e possivelmente por isto você tem atraído-se por ler esta obra. O trecho anterior traz alguns conceitos físicos já discutidos, como por exemplo: tempo, massa e peso. A lua e algumas das suas características também são trazidas como a questão da aceleração da gravidade, que é aproximadamente seis vezes menor que a do nosso planeta terra ($1,62 \text{ m/s}^2$). Um corpo ou objeto, seja ele qual for, na lua tem seu peso menor que na terra, porém sua massa é inalterada (assim como em qualquer outro lugar no universo). Como você deve saber, a lua é o único satélite natural da Terra e foi pisada pelo ser humano no Programa Apollo 11 (NASA) dos Estados Unidos em julho de 1969. Sobre a formação da lua, existem algumas teorias, sendo a mais aceita a de que a lua criou-se de fragmentos (restos) gerados da colisão do planeta terra com um objeto de tamanho próximo ao do planeta marte.

O Josiel, inclusive, gosta muito de temas relacionados com o universo. Ele tem um sonho de um dia fazer uma viagem para o espaço pela NASA. Vamos torcer para que ele realize um dia este sonho. Sobre os acontecimentos da história de nosso protagonista, agora, neste exato momento, o Josiel encontra-se na sua casa, em seu escrito, de frente ao computador, com uma taça de vinho e com o cartão do Weliton em uma das suas mãos. Na outra, estava com o celular encostado ao ouvido, parecia que estava conversando ou ligando para o Weliton. Não sei dizer ao certo o que estava ocorrendo. O que sei dizer é que neste mesmo instante Marilene entra no escritório e vai logo questionando o marido:

– Estava falando com alguém amor?

– Não. Tentava ligar para uma livraria. Queria saber se havia chegado um livro que procuro. Respondeu meio surpreso com a chegada da mulher.

– Qual livro?

– Na verdade não era um livro definido. Liguei para saber se havia chegado novos exemplares, apesar de está procurando um lançamento que ocorreu de um livro sobre Física de partículas. Só não estou lembrando o autor agora.

– Foi uma correria na universidade agora a tarde. Estou exausta. E este cartão que segura é da livraria que ligou?

— Sim. Peguei da última vez que comprei lá.

— Às vezes é melhor pedir por telefone mesmo quando já sabemos. Poderíamos também ter visto hoje quando fomos tomar o café.

— Verdade. Só que lembrei faz pouco tempo.

— Mais uma vez tomando vinho durante a semana. Poderia ter esperado eu chegar. Inclusive vou ver com Suely as coisas que pedi para comprar. Ansiosa para nosso vinho daqui a pouco no quarto. Tenho sentido tanta falta do seu carinho. Dos seus beijos. Neste instante Marilene beija Josiel.

— Eu também. Percebo que não tenho dado a atenção que merece.

— Nós vamos mudar para melhor. Temos que tentar.

Neste instante Marilene sai do escritório e segue para a cozinha, onde estão Suely e Mariano. Ela achou a situação meio estranha. Teve o sentimento de que havia atrapalhado algo. Josiel tomando vinho novamente em plena semana.

— E aquele cartão? Talvez seja bobagem da minha cabeça. Ciuminho besta. Mas sei lá, pareceu-me muito estranha aquela situação. Pensou Marilene.

Josiel continuou tomando seu vinho. Sentia-se já aliviado pelo quase flagra que possivelmente havia levado de sua esposa. Guardou o cartão dentro de um livro de Física que estava sobre a mesa. Tomou um gole de vinho e lembrou da conversa que teve com Weliton no banheiro da livraria. Olhou para a tela de seu computador e recordou de algo que havia escrito há um certo tempo. Resolveu procurar em seus arquivos. Era uma espécie de livro que ele havia começado a escrever e de uma hora para outra parou sua escrita. Talvez por falta de inspiração ou de tempo. O fato é que meu protagonista pensava em retomar a escrita. O livro trata justamente da história de um professor de Física que sonhava em fazer uma viagem ao espaço através da NASA (National Aeronautics and Space Administration, em português significa Administração Nacional da Aeronáutica e Espaço). Conhecer um pouco do universo. Desvendando de maneira discreta de seus mistérios por meio de

É possível um casamento entre Física e Literatura?

explicações do mundo da Física. Não sei dizer a motivação precisa que levou Josiel a retomar a escrita, no entanto ele neste exato momento encontra-se nas teclas de seu notebook digitando sua inspiração.

Qual terá sido o motivo de Josiel retomar seu livro que estava meio esquecido em alguma pasta do seu notebook? Talvez para deixar de pensar no Weliton. Ocupar a mente parece uma estratégia interessante. Talvez o nosso personagem principal esteja querendo esquecer ou parar de pensar nos argumentos que tentará usar para convencer Marilene a desistir da terapia de casal. O fato é que ele está bem concentrado e realmente conseguiu deixar seus possíveis pensamentos.

É possível um casamento entre Física e Literatura?

O livro do Josiel também tem um personagem principal, cujo nome é Isaac Tesla Physiké. Como já mencionado, é um professor de Física. Tesla estava começando a explicação para seus alunos (as) em sala de aula sobre o conteúdo da Gravitação Universal. E a pergunta inicial era: O que é o universo? Boa pergunta. O universo é tudo que nos cerca. Poderia dizer que seria uma espécie de nuvem escura formada por energia e matéria, cuja a sua constituição tem galáxias, cometas, asteroides, estrelas, satélites, planetas e etc. O nosso planeta, a Terra, inclusive, está inserida minusculamente dentro desta nuvem escura na nossa galáxia: a Via Láctea.

O sistema solar do qual a Terra faz parte encontra-se na via Láctea. É um dos sistemas da nossa galáxia, cujo o sol (Hélio-sol), Alfa-centauro, é sua estrela de referência principal.

Bem, depois de falar um pouco sobre o livro do Josiel, penso agora em retomar a história principal desta obra. Nosso protagonista tem pensado bastante em como convencer sua esposa Marilene a desistir da terapia de casal. Talvez beijos, uma boa conversa e uma ótima noite de amor poderiam ajudar. No seu quarto, após um bom banho, sentado em uma poltrona, Josiel observa Marilene, muito empolgada, fazendo a organização do vinho acompanhado de uma tábua de frios em uma pequena mesa.

– O que achou amor? Ficou bem arrumado? Perguntou Marilene

– Sim. Bem romântico e feito com carinho. Você é uma mulher muito atenciosa e caprichosa.

– Obrigado! Vou agora tomar um banho, colocar aquela camisola e ficar bem cheirosa para você.

– Tá bom!

Marilene dá um beijo no marido e segue para o banheiro. Josiel continua sentado na cama e pensa o quanto sua esposa é atenciosa e que realmente demonstra interesse em salvar o casamento. Afirma silenciosamente em sua sua mente que fará o possível para restaurar a sua relação. Reacender a chama do amor que tinham quando se conheceram. Passam-se alguns minutos e Marilene sai do banheiro conforme havia prometido ao marido.

– Amor, vou abrir o vinho e servir. Afirma Josiel.

— Ótimo! Este vinho, inclusive, é aquele que você tanto gosta. Fiz questão de recomendar para Suely.

— Sempre muito atenciosa. Não sei o que seria de mim sem você. Sem seus cuidados e atenção. Peço desculpas se não tenho dado a atenção e o carinho que tanto merece.

— Vamos brindar aos novos tempos que estão por vir. Saúde!

Os dois fazem aquele brinde, provam do vinho e em seguida dão aquele beijo intenso, demorado e molhado. Josiel então aproveita o momento para tentar convencer Marilene a desistir da terapia de casal.

- Marilene, você tem razão quando disse que não estava dando a devida atenção ao nosso casamento. Por não te procurar para fazermos amor. Talvez não tenha desculpa para isto, porém sei que meus sentimentos por você são verdadeiros. Temos um lindo filho.

- Sim, o Mariano é fruto do nosso amor. Queria tanto que nossa relação fosse mais intensa. Como te disse, sinto falta dos seus beijos, do seu carinho e principalmente da sua atenção. Lembro o quanto éramos cúmplices.

- Podemos a partir de agora corrigir estes tropeços. Tentarei dar o máximo de mim para contornar tudo isto. Talvez não seja necessária a terapia, por enquanto. Por que não tentamos por nós mesmos? Acredito que somos capazes de superar tudo sem a ajuda da terapia. Josiel então, beija Marilene. Continua:

- Sinceramente, não sei se neste momento iniciarmos uma terapia vai solucionar tudo. Acho que podemos consertar buscando corrigir nossos erros. Dialogando, enfim.

- Sabe, tenho dúvidas e tenho medo de não dar certo. De certo modo, acredito que tentamos por nós mesmos. A terapia vai ajudar a entender melhor nossa relação. Nossos problemas e tentar solucioná-los. Às vezes, Josiel, tenho a impressão de que esconde algo. Como se não houvesse mais confiança um no outro como antes.

- Impressão sua. Não escondo nada. Você sabe da minha rotina. Vamos muitas vezes juntos para o trabalho. Sempre conversamos sobre nossa rotina.

- Não é sobre isto. Na verdade, não sei explicar. Por exemplo, você só tomava vinho no final de semana. Sem falar que algumas vezes entro no escritório e tenho a impressão que estou invadindo sua privacidade. Não sei. Acredito que a terapia vai nos ajudar a entender melhor nossa relação. Principalmente a nós mesmos.

- Tudo bem! Não vamos estragar nossa noite falando nisto. Se você quer fazer terapia, faremos então. Quero fazer o possível para melhorar nossa relação.

- Josiel, você verá como é tranquila a terapia. Já até andei vendo uma terapeuta.

- Sério?

- Sim. Estou pensando em marcar sessão já para a próxima semana. O que acha?

- Tudo bem! Inclusive está chegando o dia da consulta no nosso filho.

- Espero que esteja tudo bem com o Mariano.

- Ele está bem dormindo agora. Vamos aproveitar nossa noite.

Josiel beija Marilene. Beijo intenso e cheio de amor. Ele realmente ama sua esposa e mesmo sabendo que seu plano de tentar convencer Marilene de desistir da terapia ter falhado, gostaria que este momento fosse o melhor possível. Os dois tiveram uma linda noite de amor. O meu protagonista foi extremamente carinhoso, atencioso e principalmente, amoroso. Marilene ficou satisfeita e feliz pela forma que foi tratada. Fazia tempo que os dois não faziam sexo. Os desejos de Marilene foram saciados. Ela amava muito o Josiel.

Passa-se alguns dias. E nosso casal, neste exato momento encontram-se sentados na mesa tomando café juntos com Mariano. Depois da noite romântica que tiveram a impressão é que a relação dos dois havia possivelmente retomado aos bons tempos que já tinham vivido. Até a babá Suely tinha percebido o bom clima que estava entre os dois. A alegria de Josiel e Marilene não era somente por isto, mas também pelo fato da consulta do Mariano no médico ter sido boa, não sendo diagnosticado nenhuma doença. Inclusive não estava mais apresentando febre e dormia bem.

- Senhora, posso dar o leite do Mariano? Perguntou à babá Suely.

— Claro. Assim que acordou, dei banho no meu bebezinho e já viemos tomar café. Mariano deve está com muita fome. Amor, vamos almoçar juntos hoje de novo?

— Sim. Te pego naquele mesmo horário. À tarde tenho aula e orientação com um estudante de graduação. Falando sobre nosso projeto, você já selecionou as obras literárias?

— Sim. Fiz uma pequena relação. Acho que vai gostar. Ah! Estava quase esquecendo. Amor, enfim consegui marcar a consulta com a terapeuta. Ficou para depois de amanhã às 16 horas. O horário está ótimo porque estaremos livres das atividades do trabalho. Acabei organizando direitinho o horário.

— Que bom!

— Josiel e o seu livro? Já avançou mais na escrita? Percebi que nestes dias você ficou bastante tempo no notebook e não parava de escrever.

— Sim. Estou muito empolgado. Acho que dessa vez ele decola.

Josiel estava muito empolgado com o retorno da inspiração para a escrita do livro, pois além do retorno a um projeto antigo, também ocupava a mente e seus pensamentos já não pensavam como antes em situações que possivelmente, para ele, não deveriam ocorrer.

Talvez devesse agora falar mais sobre Física. O que acham? Pensei inclusive, neste exato momento, em mais uma pergunta interessante: Por que você acha que as coisas caem? Boa pergunta! A resposta pode parecer bem simples, no entanto, ainda existem investigações bem complexas no que diz respeito à causa/consequência da queda dos corpos. Pensei inclusive em outras questões, tais: Desde quando as coisas caem? O espaço-tempo pode ser curvado? Poderia afirmar que as coisas caem desde de sempre e isto ocorre devido à atração que a Terra exerce em todos os corpos, enfatizando-se a força gravitacional e, principalmente, a gravidade. Isso pode ser observado logo na introdução do livro **Por que as coisas caem?** de Alexandre Chermam e Bruno Rainho, em que os autores já respondem à pergunta que é também título da obra:

Força da gravidade. Pronto, acabou o mistério. Eis aí a resposta para a pergunta estampada na capa deste livro. Mas isso lhe basta como resposta? A ciência é feita de hipóteses. E uma boa hipótese para dar conta desta segunda questão é que uma resposta assim, curta e direta, não satisfaz. E, como corolário, eis aqui você com este livro nas mãos. As coisas caem por causa da gravidade. O termo em si vem do latim gravitas, formado a partir do adjetivo gravis, que significa "pesado", "importante". "Importante". Faz pensar. Em sânscrito, outra língua igualmente antiga, gravidade é Gurutvaakarshan. Repare o início da palavra: "guru". É justamente o termo usado para designar os respeitados mestres espirituais e chefes religiosos do hinduísmo. E, em uma corruptela, também resulta no grego barus ("pesado"), origem da palavra "barítono" (de voz grave). Mas isso é retórica! O ponto principal é: o que é a força da gravidade? E por que ela é tão especial? (CHERMAN e RAINHO, 2010, p.10)

A conexão entre Física e Literatura é uma constante na ciência da Física enquanto cultura. Ciência é cultura, logo a Física também é. À "força da gravidade", assim, é a causa da explicação do «por que as coisas caem".

Estava pensando agora em uma cena do filme de desenho animado de *He-man*, mais precisamente do momento da transformação do personagem *principal He-man*, em que ele afirma: – Eu tenho a força. Faço agora algumas perguntas sobre isto: Você tem força? *He-man* tem Força? Está correta fisicamente a frase que ele diz na sua transformação: Eu tenho a força?

Sobre a primeira questão, a maioria das pessoas afirmam que têm força. Concepção não correta, uma vez que a força é gerada pela interação entre dois ou mais corpos. Já sobre o segundo questionamento, você, caro leitor, pode também afirmar que *He-man* não tem força, isto porque a frase de transformação do personagem não está correta fisicamente, justamente em decorrência da própria definição de força. Segundo Silva e Faria (2019, p.91), a força é "grandeza física vetorial que mede e descreve as interações entre corpos". É medida em Newton (N). Tudo que produz ou impede movimento ou que possui tendência para isso.

Muitas pessoas associam a ideia de força ao esforço muscular. É importante destacar que existem forças produzidas por diversas causas, como, por exemplo, as forças de ação do vento, de interação entre cargas elétricas, as que fazem os carros e as pessoas se movimentarem, entre outras. A força classifica-se em forças de contato (quando duas superfícies entram em contato, como, por exemplo, força de atrito e normal) e forças de campo (os corpos exercem mutuamente ainda que distantes um do outro, como por exemplo, força peso e força magnética). A força peso é considerada a força de atração que a Terra exerce sobre todos os corpos, sendo calculada pelo produto da massa com a aceleração da gravidade da Terra ($9,8 \text{ m/s}^2$).

Não deixaria de falar sobre a "Queda livre", que é definida como o movimento de corpos abandonados com certa altura e que são submetidos à aceleração da gravidade em direção ao solo (geralmente desconsidera-se a resistência do ar e por isso, nesse tipo de movimento, o tempo de queda dos objetos não depende de sua massa, muito menos do seu tamanho). O experimento bastante importante de queda livre e famoso na História da Ciência é atribuído ao físico italiano Galileu Galilei que ocorreu na torre de Pisa na Itália.

A situação tratada anterior na torre está também relacionada a "Força Gravitacional" que segundo Silva e Faria (2019, p.94) é a "força de atração entre partículas, podendo ser calculada pela seguinte expressão da Lei da Gravitação Universal: $F=G\, m_1 m_2/r^2$. A Lei da Gravitação Universal foi elaborada pelo físico Isaac Newton entre os séculos XVII e XVIII quando, segundo a lenda, supostamente uma maçã teria caído em sua cabeça quando ele sentou em baixo de uma macieira. Na equação utilizada nesta lei, a força gravitacional é diretamente proporcional ao produto das massas e inversamente proporcional à distância ao quadrado que as separa. O G é a constante da gravitação universal, sendo de $6{,}67 \times 10^{-11}\, N.m^2/kg^2$. Sabe-se, caro leitor, que a força gravitacional é uma das quatro forças que existem no universal e influencia diretamente a vida das pessoas, pois mantém a Terra e os outros planetas girando em torno do Sol, bem como influencia o fenômeno das marés oceânicas. Não deixarei de destacar que a produção de energia elétrica nas usinas hidrelétricas é devido à ação da gravidade.

Seguindo nos trilhos desta história, chega enfim o dia da consulta com a terapeuta que Marilene havia agendado. O dia parecia estar diferente, pois estava chovendo muito forte. Josiel está sentado, um pouco inquieto e ao mesmo tempo ansioso para a primeira sessão com a Joana. Sim, este é o nome da profissional que irá ajudar, possivelmente a solucionar os problemas na conjugal de Josiel e Marilene. Como dito, nosso protagonista nunca havia simpatizado com a ideia de fazerem terapia de casal, mesmo diante dos conflitos que passavam no casamento. As coisas, de certo modo, melhoraram relativamente, porém não foram suficientes para Marilene desistir deste tratamento.

Falando sobre Joana, mais precisamente sobre sua formação profissional que é em bacharel em psicologia com especialização em psicologia clínica, ela já tem mais de 10 anos de experiência neste tipo de tratamento. Foi uma indicação que Marilene recebeu de uma amiga que fez terapia de casal e teve bons resultados. A Clínica tem uma ótima aparência e a recepcionista é muito simpática. Marilene inclusive comentou, já aguardando o chamado para a sessão, sobre o atendimento para Josiel. Joana não é baixo e muito menos alta, tem 34 anos, cabelos pretos e olhos castanhos claro, usa um óculos meio alaranjado, a pele é meio amarelada e tem um belo sorriso. Foi justamente com esse sorriso que recebeu Josiel e Marilene na sua sala e em seguida cumprimentou o casal, pedindo na sequência que se sentassem em um sofá bastante confortável, que ficava praticamente de frente a sua poltrona.

— Sejam muito bem vindos a esta sala. Espero que tenham sido bem atendidos na recepção. Aqui prezamos muito pelo tratamento humano da melhor forma possível. Vejo aqui na ficha que são um casal com um casamento jovem, com pouco mais de 5 anos de relacionamento. Como vocês sabem, meu nome é Joana e estou aqui para ajudar a solucionar questões emocionais de vocês. Gostaria que cada um de vocês falassem de suas vidas. Precisamos nos conhecer. Certamente estão de parabéns por estarem aqui, nesta sala em busca de resolver problemas do relacionamento de ambos. Marilene, podemos começar por você?

— Sim. Estou muito contente de estar aqui. Inclusive foi iniciativa minha de fazermos terapia de casal. Meu nome você já sabe, bem como também minha profissão. Amo o que faço. Sempre quis ser professora de Literatura. Trabalho na Universidade Federal do Rio de Janeiro, tenho 32 anos. Josiel e eu temos um filho lindo, o Mariano.

— Que bom! Afirma a psicóloga.

— Estávamos até alguns dias atrás preocupados com Mariano, mas graças a Deus ele está bem. Sobre meu trabalho, como dito, amo o que faço. Não tenho nenhum problema. Josiel e eu temos até um projeto em comum que relaciona a Física com a Literatura e vice--versa. Amo este projeto e sei que ele tem o mesmo sentimento. Marilene afirma olhando para Josiel.

— Interessante. Josiel, pode agora falar de você? Sinto uma certa timidez. Mas relaxe, tente ficar à vontade. Sinta-se em casa. Tudo que conversaremos ficará nesta sala e servirá de estudo para posteriormente encontrarmos soluções para os conflitos da relação de vocês. Conflitos estes que não conheço ainda. Por favor, fale sobre você. Preciso te conhecer também.

Josiel neste exato momento sentiu um calafrio, quase não conseguia falar. Estava realmente nervoso. Respira fundo e então:

— Bem! Sou professor de Física do departamento de Física da Universidade Federal do Rio de Janeiro. Tenho 35 anos. Assim como Marilene, amo o que faço.

Um silêncio de alguns segundos fica na sala. Josiel estava com o olhar fixo para Joana, que diz:

– Sim. Pode continuar. Preciso conhecê-los mais.

– Joana, acho que é isto. Ah! Tem um livro que já faz um certo tempo que venho trabalhando nele. Espero terminá-lo agora. Passo um tempo empolgado escrevendo e depois paro. Nisto já se vão alguns anos. Não tenho problemas no meu trabalho. Gosto bastante do projeto que temos em comum. Marilene já comentou. Inclusive, já falando sobre minha relação com ela, acho que poderíamos ter tentado solucionar nossos problemas em casa mesmo, porém ela insistiu muito para iniciarmos esta terapia. Estamos aqui.

– É, geralmente, as mulheres que têm essa iniciativa, Josiel, apesar do relacionamento ser de responsabilidade de ambos. Parabenizo você em especial por quebrar esta barreira e está aqui hoje. Me falem sobre como vocês se conheceram.

– Foi na universidade, mas precisamente na biblioteca, quando ainda éramos estudantes de graduação. Disse Marilene.

– Continue.

– Lembro que estava bem ansiosa para encontrar um livro de literatura que o professor comentou na aula. Acabei esbarrando no Josiel e tudo que segurava caiu. Ele muito gentil ajudou-me a pegar as coisas do chão e nisso, acabamos conversando sobre um dos livros que havia caído.

– Você lembra que livro era este, Josiel? Questionou Joana.

– Sim, era **A hora da estrela** de Clarice Lispector. Particularmente gosto muito desta obra também.

– Tiveram essa afinidade e a partir dela foram dialogando e conhecendo-se. Acredito!

– Sim! Fomos descobrindo uma amizade, porém depois de um certo tempo, descobrimos que nosso gostar estava além da amizade e começamos a namorar. Já faz mais de 10 anos que nos conhecemos, porém de casados faz pouco mais de 5 anos.

– O filho de vocês, Mariano, tem quantos anos?

– 3 anos. Respondeu Josiel.

– Pelo que entendi vocês trabalham na mesma universidade, porém em departamentos diferentes. Áreas diferentes. Têm um projeto em comum e um filho. Agora que já conheço um pouco sobre a vida de vocês, peço que falem sobre o motivo de estarem nesta sala. Acredito que estão vivenciando algum ou alguns conflitos no relacionamento. Peço novamente, Marilene, que comece por você. Isso se o Josiel concorda, é claro.

– Tudo bem! Não tem problema dela começar.

– Ok. Marilene pode falar então. Irei ouvir atentamente e juntos tentaremos encontrar uma solução. Antes gostaria de falar que acho interessante fazer, depois, caso concordem, sessões individuais.

– Certo Joana! Bem, de uns tempos para cá, acho que coisa de um ano, percebo que nossa relação não vem sendo mais a mesma. Até tivemos algumas conversas para tentar sanar o problema. A última foi bastante produtiva. Josiel até tentou convencer-me de desistir de começarmos a terapia, no entanto achei importante, pois o problema poderia persistir. Não sei se por causa da nossa rotina ou por falta de desejo dele mesmo, nossa vida sexual diminuiu significativamente. A atenção dele comigo também. Em muitos momentos percebo ele quieto, como se estivesse com os pensamentos bem longe. Citarei uma situação para entender melhor: quando Josiel está no escritório em casa, algumas vezes, quando entro, sinto como se estivesse invadindo seu espaço. Sinto ele estranho e meio que incomodado com minha presença. Antes na nossa relação parecia não termos segredos. Conversavamos mais. Acho que é isso, Joana.

– E você, Josiel? Qual sua percepção diante do que Marilene falou?

Neste instante Josiel olha fixamente para Marilene e na sequência deixa seu olhar na direção de Joana. Pensava quais palavras iria dizer. O que poderia justificar as questões que sua esposa acabava de falar? O que ele iria dizer sobre sua relação conjugal? Percebendo o silêncio de Josiel, Joana questiona novamente:

– Então, Josiel, o que tem a dizer?

– Estava pensando no que falar. Talvez vá dizer as mesmas coisas que já falei para Marilene. Não sei se o trabalho pode ser uma justificativa, porém é um dos argumentos que trago. Além do fato de muitas vezes estar cansado ou concentrado em alguma obrigação do trabalho. Marilene não falou, mas nosso filho ocupa um pouco do tempo também. Os cuidados com ele. Sei dos desejos sexuais dela. Inclusive na nossa última conversa, deixei claro que sinto desejo por ela, porém o cansaço é complicado. Falei também que tentaria me esforçar mais neste ponto. Quando estou no escritório, geralmente fico concentrado em alguma atividade e realmente algumas vezes ela acaba incomodando um pouco.

– Josiel, vocês vão juntos para universidade?

– Sim.

– Além disso, vocês realizam mais alguma coisa juntos?

– Quase sempre almoçamos juntos e depois vamos tomar um café na livraria do shopping.

– Percebo que vocês passam muitos momentos juntos. Isso pode ser bom, mas também pode não ser. É bem relativo. Vocês me falaram que tiveram uma conversa bem aberta. E depois dessa conversa?

– Nós nos amamos. Foi uma linda noite de amor. Fazia tempo que não tínhamos uma noite de amor assim, mas tenho medo de que tenha sido apenas uma noite e que o problema volte. Respondeu Marilene.

– Vocês realizam alguma atividade física?

- Não. Respondeu Josiel.

- Casais, geralmente, com o passar do tempo acabam enfrentando muitos problemas. A convivência, atualmente, tem sido um dos principais motivos de conflitos e muitas vezes de separação. Não é o caso de vocês. Achei importante sua iniciativa Marilene de insistir em começar a terapia e quem sabe, encontrar a solução para as questões relativas ao casamento de ambos. O diálogo é um ponto chave. percebo que dialogam e que cada um tenta ao máximo compreender e respeitar a privacidade do outro. Agora percebo que talvez tenha que confiar mais um no outro. A sinceridade é um ponto importantíssimo. Precisarei estudar mais o caso de vocês, por isto minha indicação, neste momento, é de marcarmos sessões individuais e depois faríamos novamente uma sessão conjunta. O que acham?

- Tudo bem! Respondeu Marilene.

- Ok! Concorda Josiel.

- Ótimo! Então faremos assim, na próxima sessão metade do tempo farei com você Marilene e a outra metade com o Josiel.

Marilene saiu com um sentimento de dever cumprido e acreditando que a terapia irá sim contribuir para a melhoria da relação conjugal com seu marido. Ela sentiu-se mais leve com o desabafo na sessão, no entanto o Josiel saiu mais reflexivo e também inquieto. Principalmente quando pensa que terá que fazer sessões individuais e que talvez revelará pensamentos que ainda não externou com ninguém. Desejos possivelmente oprimidos ou sentimentos que ainda irá descobrir. Será que nesta terapia o Josiel irá finalmente encontrar-se? Ou que a relação do nosso casal voltará aos velhos tempos? São cenas que descobriremos no decorrer desta história. Por sinal, tivemos um diálogo extenso entre Joana, Marilene e Josiel. Espero que tenha gostado. Após o término da sessão o casal seguiu para casa e no caminho o silêncio permaneceu durante muito tempo, até Marilene questionar o marido:

- Gostou da primeira sessão amor?

— Sinceramente, me senti um pouco desconfortável no início, mas com o passar do tempo fui sentindo-me mais à vontade. Foi um diálogo bom, construtivo e importante para nossa relação.

— Sim. Tenho confiança que nos ajudará. Sinto-me aliviada também. Até mais leve. Eu te amo Josiel e gostaria muito que nossa relação evoluísse mais e mais.

Bem, encerrado este momento caro leitor, estava aqui com meus botões e veio em mente algumas questões sobre o nosso planeta Terra. Por exemplo: Como alguém sabe o que ocorre dentro de um átomo? De que maneira o universo pode ter formado-se? Pensei agora em uma questão mais filosófica: Qual o sentido da vida? Reflita. Pense. Ou pesquise, se achar mais prudente. Parece que quanto mais refletimos e pensamos, temos mais dúvidas e nos deparamos com a possibilidade de então enveredar pelo mundo da pesquisa. O mundo científico.

Trarei, desde modo, a cronologia da evolução da estrutura atômica resumidamente para posteriormente entendermos melhor como o átomo comporta-se. Primeiramente ao longo da História da Ciência veio o Modelo de Dalton no ano de 1803, afirmando que os átomos são partículas minúsculas, maciças, com forma esférica e indivisíveis. Seria como uma bola de bilhar.

Na sequência, o Modelo de Thomson em 1898 tratando o átomo como algo semelhante a um "pudim de passas" composto por cargas positivas e negativas. Já em 1911 através de um experimento com lâmina de ouro surgiu o Modelo de Rutherford definindo a estrutura atômica com uma certa semelhança ao sistema solar: o núcleo do átomo no centro composto por prótons e nêutrons e ao redor os elétrons na eletrosfera. Neste modelo a maior massa do átomo fica concentrada no núcleo. No entanto, a atual estrutura de modelo atômico foi formulada em 1913 por Niells Bohr assegurando que os elétrons estão distribuídos em camadas eletrônicas ao redor de um núcleo e, segundo Bohr, os elétrons movimentam-se em sentidos circulares possuindo energias definidas. Ocorreu então a junção do Modelo de Rutherford e de Bohr, denominado de modelo atômico de Rutherford-Bohr.

Fiz o seguinte questionamento: Como alguém sabe o que ocorre dentro de um átomo? Simples a resposta. Isto foi fruto de muito estudo científico, como demonstrado e explicado no parágrafo anterior. Não poderia deixar de falar que tudo que existe no universo é formado por átomos e que estes são constituídos por três partículas principais: prótons, nêutrons e elétrons. Pense nos prótons e nos nêutrons unidos no centro formando o núcleo (poderia chamar de sol), enquanto os elétrons orbitando esse núcleo seriam os planetas. Se os átomos já são extremamente pequenos, essas partículas subatômicas são ainda menores. Os elétrons, dentre estas partículas, é a única que pode passar de um corpo para o outro.

Lembrei agora de uma passagem do livro de Robert Gilmore intitulado de **Alice no país de quantum**, mais precisamente no momento da história em que Alice conhece umas figuras estranhas, chamadas de "elétrons". Na verdade eram vários elétrons idênticos um com o outro, diferenciando apenas os que estavam com 'spin' para cima e outros com "spin" para baixo. Também havia vagões que apenas poderiam ser ocupados por 2 elétrons e estes com spins em sentidos opostos. Tratava-se justamente do Princípio da Exclusão de Pauli que é um princípio da mecânica quântica formulado por Wolfgang Pauli em 1925 e que segundo Humiston & Brady (2000) não pode haver, em um átomo, mais de um elétron com um dado conjunto de valores para os números quânticos n, ℓ, m e m_s. Logo, isto significa que, em cada orbital podem existir até dois elétrons, um com spin "para cima" e outro com spin "para baixo". Observe o trecho do livro:

"Sou um elétron", disse a forma. "Sou um elétron spin-para cima. É fácil me distinguir da minha amiga ali, a elétron spin-para baixo, que é obviamente muito diferente de mim." E disse para si mesmo, num tom baixinho, algo que soou como "Vive la différence". Pelo que Alice pôde ver, o outro elétron era quase igual, a não ser pelo guarda-chuva, ou o que quer que fosse aquilo, que apontava para baixo, na direção do chão. Era difícil ter certeza, uma vez que a figura também estava pulando de um lado para outro, tão rapidamente quanto a primeira. (GILMORE, 1995, p.8-9)

"Vocês não poderiam espremer mais do que dois num vagão, estando o trem assim tão cheio?", Alice perguntou a seus companheiros.

"Oh, não! Nunca além de dois elétrons juntos, esta é a regra." "Acho então que teremos de ocupar vagões diferentes", disse Alice um pouco contrariada, mas o elétron a tranquilizou.

"Você não é problema algum! Você pode entrar no vagão que quiser, é claro!"

"Não vejo como isso será possível", respondeu Alice. "Se um vagão estiver cheio demais para vocês, com certeza não haverá espaço para mim também."

"De jeito nenhum! Os vagões só podem acomodar dois elétrons, por isso os lugares para elétrons devem estar quase todos tomados, mas você não é um elétron! Não há nenhuma outra Alice no trem, então há espaço mais do que suficiente para uma Alice em qualquer um dos vagões." (GILMORE, 1995, p.12)

A massa de um elétron é cerca de 9×10^{-31} Kg, muito menor que a massa do próton ($1,6725 \times 10^{-27}$ kg) e do nêutron ($1,6748 \times 10^{-27}$ kg), sendo aproximadamente da ordem de 1836 vezes. Outro ponto importante é em relação à carga elétrica elementar (e) de um próton ou de um elétron que tem valor de $1,6 \times 10^{-19}$ Coulomb (C). Tratando-se de carga positiva (próton) este valor da carga elementar é positivo e se for carga negativa (elétron) o valor fica com sinal negativo. A carga elétrica em qualquer corpo é determinada pelo produto do número de prótons ou de elétrons em excesso multiplicando o valor da carga elementar, ou seja, a fórmula é $Q = n(+- e)$.

Uma questão relevante é que nós existimos devido a um aglomerado de átomos que nos formaram. Então, não existiríamos se os átomos fossem extintos. Poderia dizer que o sentido da vida, de certo modo, são os átomos? O que você acha agora? Falarei sobre outro fato interessante: cerca de 99% das espécies que viveram no nosso planeta, já não existem mais, foram extintas e possivelmente alguns átomos dessas espécies podem ter, de certa maneira, contribuído para a sua formação. Você, o Josiel, e Marilene, assim como qualquer outro ser humano, é fruto de muitas evoluções e mutações de átomos deste o instante em que o universo iniciou sua formação.

É possível um casamento entre Física e Literatura?

Acredito que já falei em algum momento deste livro sobre a teoria do *big-bang* da criação de tudo, do universo como um todo. Não me lembro direita na verdade. Essa ideia surgiu no século 20, mais precisamente no ano de 1920, sendo proposta por um sábio e sacerdote belga chamado de Georges Lamaître. No entanto, somente tornou-se aceitável a teoria do big-bang pelos cosmologistas aproximadamente em 1960 através das pesquisas experimentais de dois jovens radioastrônomos denominados de Arno Penzias e Robert Wilson. Inclusive eles ganharam o Prêmio Nobel de Física em 1978 pela descoberta do que descreveram em sua experiência realizada com antenas de comunicação na propriedade da Bell Laboratories em Nova Jersey. O zumbido, isso mesmo, os ruídos incessantes e dispersos detectados na antena eram indícios do *big-bang*, ou seja, perturbação da radiação cósmica de fundo possivelmente proveniente do evento de formação do universo.

Uma teoria importante e que de certo modo está relacionada com todos nós, mas precisamente sobre o processo evolutivo de formação da nossa espécie é a teoria da evolução das espécies de Charles Darwin publicada no ano de 1859 em um livro intitulado de: **Sobre a origem das espécies por meio da seleção natural, ou a preservação de raças favorecidas na luta pela vida.** Nesta obra, Darwin deixou o mundo de certo modo intrigado com afirmações meio que sugestivas que os seres humanos possivelmente evoluíram gradativamente e de forma lenta de primatas primitivos (macacos) e sem a ajuda de um criador divino. Muitos pesquisadores na época não aceitavam a teoria da evolução das espécies de Charles, no entanto um solitário monge estudioso da Europa Central chamado Gregor Mendel de uma família camponesa humilde estava encontrando soluções para a teoria de Darwin. As descobertas de Mendel foram de certo modo casuais com ervilhas na horta do mosteiro em que vivia. Foi observado pequenas variações no crescimento e na aparência de sementes, vagens, flores, folhas e outras. Você já deve ter estudado em algum momento na disciplina de Biologia sobre isto. Essas variações estavam ligadas aos fatores que Mendel denominou de dominante e recessivo que produziam variações nos padrões previsíveis de herança hereditária. Na verdade estes fatores no ano de 1913 na publicação de um dicionário inglês acabaram sendo chamados de genes.

Mesmo sem trabalharem em conjunto, acredito que você percebeu que Darwin e Mendel em suas pesquisas científicas tiveram bastante similaridade/

correlação nos resultados. Uma acabou meio que complementando a outra. Para o escrito Bryson (2021) estes cientistas estabeleceram a base para as ciências da vida no século XX. Darwin mostrou ao mundo que todos os seres vivos, assim como você e eu, estão relacionados e que remontam de uma ancestralidade comum, uma origem única, enquanto os trabalhos de Mendel, dê certo modo, possibilitou os caminhos para explicar como a evolução das espécies trazidas pode Darwin poderia ter ocorrido. Com o passar do tempo, muitos pesquisadores perceberam que os argumentos da teoria da evolução tinham fundamento e isto gerou na História da Ciência consideráveis discussões, como por exemplo a ocorrida no ano de 1860 em uma reunião da Associação Britânica para o Progresso da Ciência em Oxford.

É significativamente impressionante imaginar que tudo que existe no universo possivelmente quase não existia antes do começo da sua criação. Praticamente fomos gerados do nada. O Universo, bem, acredita-se que originou-se do nada. E o que é o nada? Geralmente é empregado para definir a ausência de algumas coisas, ideias, objetos e até mesmo de nada mesmo. Você pode até está rindo agora do que está lendo, porém acaba soando de engraçado mesmo. Será que mesmo no nada existe alguma coisa? Se o nada é que nos formou, é porque no nada possivelmente deve existir algo. Desculpe se embaralhei seu raciocínio. Mas como raciocinar nada? Colocarei, de certa forma, meio intuitivo, que o nada é tudo e vice-versa. Chega! Vou parar de escrever sobre isto porque se não vou chegar à conclusão de que o sentido da vida é o nada quase que tudo.

Essas questões são muito complexas e nos deixam sempre confusos. Para descontrair e não perder o rumo da história, retomarei a narrativa no nosso protagonista Josiel. Assim como eu agora, ele encontra-se sentado no seu escritório em frente ao notebook, tomando um vinho e aguardando inspiração para a escrita do seu livro. Ele estava justamente escrevendo sobre a origem do universo. Uma pergunta que não saia da sua mente era: em que instante do tempo o universo iniciou sua formação? Teria sido a mais de 13,5 bilhões de anos atrás como muitos cosmologistas acreditam? De certa maneira Josiel pensou que em algum momento da linha do tempo poderia considerar como o instante $t=0$ (tempo igual a zero). A partir daí o universo iniciou sua construção, ou seja, o ser humano (homo sapiens) estava a caminho na evolução cronológica das espécies.

COMO O NADA PODE FORMAR ALGUMA COISA?

SERÁ QUE MESMO EM NADA EXISTE ALGUMA COISA?

Meu protagonista seguia escrevendo sua obra como nunca. Havia escrito mais de 10 páginas neste dia. Já cansado, levanta-se da cadeira com a taça de vinho na mão e observa que quando bateu o braço sem querer no livro que encontrava-se do seu lado direito da mesa, o cartão com o número de celular de Weliton caiu no chão. Apanha o cartão e vai para a janela. Observa o movimento da rua e vê duas jovens meninas caminhando abraçadas e rindo bastante. Aparentavam estar bem felizes. Passou algum tempo. Já não vendo mais as duas jovens, saiu da janela, pegou o seu celular e fechou a porta do escritório. Em um impulso, instantaneamente, resolveu ligar para o funcionário da livraria.

– Oi! Respondeu Weliton ao atender a ligação no celular.

– Oi! É o Josiel. Tudo bem!

– Tudo bem! Que bom que você ligou. Estava aguardando sua ligação. Sabe aquele livro que você procurava?

– Sim.

– Ele chegou hoje, acredita?

– Sério?

– Isso mesmo. Não é aquele com o título de **Breve história de quase tudo** do Bill Bryson?

– Este mesmo. Peço até desculpas por está ligando neste horário, é que de repente deu vontade de ligar.

– Já está perto do final de expediente, mas não tem problema algum. Como já te falei, estou sempre disponível.

– Passo aí amanhã depois do almoço para pegar. Inclusive, se você estiver livre, podemos tomar um café. O que acha?

– Boa! Aproveito para falar sobre um livro de Física que comecei a ler. Sua companhia é agradável e você um cara muito educado.

– Você também. Ótimo atendimento. Acho que vou levar um livro que tenho aqui bem legal sobre Física. Você inicia a leitura dele quando terminar este. Fico contente de saber que está interessando-se mais pela Física.

– Ela é uma ciência muito atraente. Minha visão sobre a Física já mudou consideravelmente graças a você. Quem sabe posso até fazer graduação?

– Se eu te ajudar nesta decisão ficarei muito satisfeito. Estava até agora escrevendo. Não sei se já te falei sobre o livro que voltei a escrever?

– Sim. Que massa! A temática principal não vou nem perguntar. Quando publicar quero receber um especialmente autografado. Josiel, você poderia até pensar em fazer a publicação aqui na livraria. Já imaginou?

– É uma boa possibilidade. Irei pensar sim. Weliton, acredita que já faz mais de 10 anos que venho trabalhando nesta obra?

– Nossa! Então já deve ter escrito bastante. Estava pensando em sugerir um encontro para hoje ainda.

– Um encontro?

– Sim. Seria massa você me falar mais do livro.

– Claro. Estou até meio entediado aqui em casa. Até estou tomando um vinho.

– Gosto muito de vinho.

Josiel fica alguns segundos calado e também com a adrenalina elevada no sangue. Imagina que um encontro com Weliton seria uma boa ideia, porém pensou rapidamente em algumas questões: Em que local encontrariam-se? O que falaria para Marilene? E principalmente, como seria este encontro? Talvez um jantar em um bom restaurante devido ao horário. Já eram quase 18h de uma sexta-feira. Deu alguma volta ao redor da sua mesa no escritório e meio que acorda de seus pensamentos com o Weliton chamando:

– Alô! Está me ouvindo Josiel?

– Sim.

– Então, você tem alguma sugestão?

– Pensei em um jantar. Tem um restaurante de comida italiana muito bom que conheço.

– Minha comida preferida. E acompanhada de um bom vinho italiano. Nossa! Não tem nada melhor!

– Vou te passar o endereço por mensagem. Às 20 h está bom?

– Ótimo! Bom que dará tempo de ir em casa e tomar um bom banho.

– Ah! Gostaria de te pedir um favor. Daria para levar o livro que chegou aí na livraria? Já começo a leitura no final de semana. No jantar te passo o valor do livro.

– Dá sim. Pode deixar. Josiel, você vem com sua esposa?

– Não. Ela está bem ocupada com as coisas do trabalho. Acho até melhor que ficamos mais à vontade para conversar. Vou me organizar aqui então.

– Certo! Até daqui a pouco.

– Até.

A conversa de Josiel com Weliton acabou rendendo um encontro. Bem, acredito que você deve ter ficado surpreso também. O que será que vai acontecer neste jantar? São cenas que logo mais veremos. Antes disto, estava querendo discutir um pouco com vocês sobre um conteúdo da Física que considero fundamental para o entendimento de todo e qualquer pessoa. Na verdade, espero que está leitura seja prazerosa e de aprendizado. Que não seja uma leitura cansativa e entediante. Acho que a narrativa sobre os fatos da vida do Josiel pode ser um atrativo, mesmo com intervalos da abordagem da Física e sua relação com outras áreas do conhecimento, como por exemplo com a literatura.

O conteúdo da Física que trarei agora é sobre a Hidrostática. Você pode está se perguntando: e o que é hidrostática? Dessa vez deixarei você pensar. Deve envolver alguma coisa relacionada com água? Será? A resposta é sim. A Hidrostática é o estudo dos fluidos em repouso, ou seja, parado. Quando refiro-me a fluidos, estes podem ser líquidos (a água no caso é um fluído) ou gases. O fluido tem uma propriedade significativamente importante: a capacidade de escoar, fluir e não possuem estrutura cristalina. Os plasmas também são considerados como fluidos. Um outro fato interessante sobre os fluidos é que eles geralmente tomam o formato dos recipientes em que são colocados, como a água em um copo. Os fluidos, diferentemente das substâncias sólidas, não possuem uma estrutura organizada dos átomos. Os gases têm uma organização bastante aleatória.

Dentro do estudo da hidrostática entender os conceitos de densidade, massa específica e pressão é essencial. Mas, qual seria a definição de cada um deles? Com relação à densidade ela relaciona duas outras grandezas físicas, que são a massa e o volume. A densidade é a razão da massa pelo volume (d=m/v). Além de ser um conceito importante na Física e também na disciplina de Química. Outro fato característico relevante em relação a densidade diz respeito à determinação se um objeto flutuará em outro material ou não.

Muitas pessoas confundem o entendimento de densidade com massa específica, apesar de terem a mesma unidade. A massa específica refere-se à razão entre a massa e o volume ocupado, sendo uma característica constante e específica de uma determinada substância. Já a densidade varia em um corpo, por exemplo, um sólido oco apresenta densidade menor que a massa específica do material que o constitui.

A compreensão da definição de pressão dentro do estudo da hidrostática é essencial. A fórmula P = F/A (pressão é igual a razão da força sobre a área) pode nos dar uma ideia do que é pressão. Através da equação pode-se concluir que a pressão é uma grandeza física escalar diretamente proporcional à força e inversamente proporcional a área. O termo pressão é usado nas mais variadas áreas da ciência, como a mensuração da ação de uma ou mais forças em um determinado espaço-tempo.

A pressão é uma propriedade intrínseca a qualquer sistema, seja ele fechado, aberto ou isolado, podendo ser favorável ou desfavorável para o homem, como por exemplo: a pressão que um gás ou vapor aplica sobre a pá de uma hélice que pode ser transformada em trabalho. Em contrapartida, a pressão da água nas profundezas do oceano é um dos grandes desafios para os estudiosos que buscam novas fontes de recursos naturais. A unidade no Sistema Internacional de Unidades é Pascal (Pa).

Falando em Pascal, ou melhor no físico e matemático Blaise Pascal, homem este que elaborou um princípio que leva o seu nome. O Princípio de Pascal estabelece que a variação de pressão em um fluido transmite-se integralmente a todos os pontos do fluido. A pressão no fluido não varia. O que pode variar é a força ou a área do corpo. Você pode está perguntando-se sobre aplicações deste princípio na vida das pessoas. Bem, existem algumas aplicações, como por exemplo: prensas hidráulicas, freios hidráulicos, barragens, caixas d`água e entre outros. Também não poderia deixar de falar sobre um outro princípio muito importante na hidrostática que é o Princípio de Arquimedes. Inclusive existe toda uma crença histórica de que ele descobriu como calcular o Empuxo (força exercida de baixo para cima nos fluidos) quando estava tomando banho em uma banheira e subitamente veio a ideia de como investigar se a caroa do rei era realmente feita de ouro ou não.

É possível um casamento entre Física e Literatura?

Segundo Arquimedes o Empuxo depende basicamente do volume de fluído deslocado, uma vez que a densidade do fluído não é alterada e a aceleração da gravidade também mantém-se constante.

Estava pensando agora em escrever o momento do encontro de Josiel com Weliton. Pensando em quais palavras utilizar. O que cada personagem iria dizer um para o outro. Você acha que o Josiel está realmente interessado no Weliton ou vice-versa? Confesso ainda que até mesmo eu estou com esta dúvida. Poderia os dois estarem descobrindo o sentimento que possivelmente podem sentir um pelo outro? Ou na verdade não passa de uma amizade que parece florescer entre os dois mais e mais? São muitas perguntas sem resposta e que certamente em algum momento desta história será relevado. Espero que isto ocorra.

Josiel já em seu carro, segue para o restaurante de comida italiana. Ele havia tomado em casa algumas taças de um bom vinho italiano suave. Estava cá, caro leitorm, com meus botões pensando no que nosso protagonista poderia ter falado para Marilene justificando sua saída. Bem, ao que parece, Josiel disse que iria encontrar-se com um grande amigo, colega de trabalho e professor de Física, o Ícaro. Marilene acreditou e só pediu que ele não chegasse muito tarde em casa. Já são quase 20 horas e o celular do Josiel toca. Para sua surpresa é o Weliton.

– Alô!

– Oi Josiel! Passando só para dizer que já cheguei ao restaurante.

– Que bom! Estou a caminho. Em alguns minutos estarei chegando. Você trouxe o livro que pedi?

– Sim.

– Ótimo! Então até daqui a pouco.

– Tchau!

Josiel finaliza a ligação e seguindo sua trajetória até o restaurante, imagina que certamente será um encontro produtivo e também um momento de relaxar um pouco e mente das atividades do cotidiano. O celular toca novamente.

Desta vez é a Marilene. Ele pensa se atende a ligação. Questiona a si mesmo em pensamento:

— Será algum problema com o Mariano? Melhor atender.

Atende a ligação e logo vai sendo questionado por Marilene:

— Amor, já chegou no restaurante?

— Ainda estou no caminho. Algum problema? Tudo bem com nosso filho?

— O Mariano já está dormindo. Estava pensando aqui se eu não poderia ir jantar com vocês. Estou me sentindo um pouco sozinha. O que acha? Me arrumo rapidinho.

— Mas o Mariano vai ficar sozinho. E se ele acordar e não tiver ninguém em casa?

— Não te falei, mas a Suely pediu para dormir hoje aqui, deste modo não seria um problema.

— Hum!

— Posso ir então?

O silêncio reinou um pouco. Josiel aproveita o silêncio para encontrar a desculpa certa e impedir que Marilene vá ao jantar. Ele inclusive havia comentado qual seria o restaurante. O mesmo de comida italiana que eles sempre vão.

— Josiel? Alô!

— Marilene acredito que vai ser muito corrido para você. Como disse, já estou chegando no restaurante. E o Ícaro e eu conversaremos coisas do trabalho. Enfim, acho melhor deixarmos para o fim de semana. Um jantar só nosso. Poderemos ir à praia talvez. Levar o Mariano. Ele vai gostar bastante.

— Tudo bem! Só tenha cuidado na estrada, afinal você já tomou algumas taças de vinho. Seria bom você não beber mais.

— Certo! Prometo que não vou tomar mais vinho. Beijos!

— Beijo!

Josiel continua seguindo para seu encontro. Agora mais próximo do restaurante e com o coração um pouco palpitante e acelerado. Imagina se foi convincente com a Marilene sobre o fato dela não poder ir jantar com ele e supostamente o Ícaro. Chega então ao restaurante de comida italiana. Ver o Weliton um pouco mais ao fundo, já sentado. Weliton por sua vez acena para Josiel com aquele sorriso nos dentes. Josiel comprimenta o rapaz e vai logo dizendo:

— Boa noite, jovem! Tudo bem!

— Boa noite! Tudo ótimo! E com você?

— Graças a Deus está tudo bem. Trouxe o livro que pedi?

— Sim. Está aqui. Chegou recentemente na livraria. Bem aconchegante este restaurante de comida italiana. Você já veio outras vezes aqui?

— Sim. Costumo vir com a minha esposa. Gostaria de beber o que? O vinho aqui é muito bom.

— Pode ser vinho. Não tenho muito costume de tomar, mas sempre acho bom. Ah! Josiel, gostaria de agradecer o convite para o jantar. Você é sempre muito educado e prestativo. Não precisa pagar o livro. Fica como um presente.

— Que isso! Faço questão de pagar. Sei que o salário na livraria não deve ser dos melhores. Obrigado por trazer o livro. Diz nosso protagonista entregando o dinheiro nas mãos de Weliton.

— Ok!

Neste momento são interrompidos por um garçom. Tanto o Josiel quanto o Weliton pareciam de certo modo meio ansiosos e de maneira inquietos com este encontro. O funcionário da livraria tenta não aparentar o certo nervosismo que sentia e ao mesmo tempo mantém um olhar fixo aos olhos de Josiel. Um olhar penetrante, querendo dizer alguma coisa. Seu coração, assim como o de Josiel, estava com os batimentos acelerados. Fora do normal. Manteve um sorriso meio que forçado, possivelmente para disfarçar o nervosismo. Josiel na conversa, de instante em instante pega o celular para ver se tinha alguma mensagem da sua esposa e, de certo modo também, como forma de não ficar tanto tempo com o olhar fixo para o rapaz. O garçom então pergunta:

– Boa noite, senhores! Sejam bem-vindos ao restaurante. Já sabem o que desejam?

– Sim. Pode trazer uma garrafa de vinho italiana. A de sempre. Disse Josiel.

– Desejam mais alguma coisa?

– Weliton, além do vinho, você gostaria de mais alguma coisa? Não sei se já desejaria pedir o jantar ou se podemos esperar um pouco.

– Acho que podemos esperar um pouco mais. Afirma Weliton.

– Ok! Então é isto. Obrigado!

O garçom sai para providenciar o vinho. Já o nosso protagonista, que considero o meu favorito e único desta história, aproveita então para questionar Weliton sobre a origem do cartão que encontrou no livro comprado na livraria no início de nossa história. Porém, quando se preparava para perguntar, o Weliton faz um pedido:

– Josiel, pode me falar um pouco mais sobre seu livro? Como está sendo sua escrita? Suas motivações? Trabalho já faz algum tempo na livraria e nunca havia tido a oportunidade de conversar com um escritor diretamente. Confesso que tinha de certo modo essa curiosidade.

– Bem, a minha profissão, acredito, é o meu principal motivador. Com ela abriram-se os caminhos para trabalhar em vários projetos de pesquisa e um deles, que inclusive tenho com minha esposa, aborda a relação da Física com a Literatura. A temática do universo desde criança me fascinou. Cheguei a escrever algumas histórias, até livros quando mais jovem. Este que estou escrevendo a escrita tem sido bem lenta, já faz pouco mais de 10 anos que venho trabalhando nele.

— Show! Confesso que depois que te conheci, tenho começado a interessar-me pela Física.

— Sério?

— Sim.

Neste momento o garçom chega com uma garrafa de vinho em um bonito balde com gelo. Serve o Josiel e pedi para verificar se o vinho está bom.

— Ok! Muito bom! Pode servir.

— Certo, senhor!

O vinho está com um excelente sabor. Josiel é um considerável fã de vinhos italianos. São os que mais gosta. Quando vem com sua esposa Marilene sempre pede o mesmo vinho. Toma mais um gole do vinho, olha fixamente para o Weliton que estava também a tomar. O funcionário na livraria demonstrava uma certa timidez tentando disfarçar seu olhar. Após a saída do garçom

— Weliton já faz um certo tempo que gostaria de te perguntar algo. Na verdade não é nada tão sério assim. Sabe aquele livro que comprei na livraria?

— Sim.

— Havia um cartão com o seu nome e número de celular. Por que você não me entregou em mãos?

— Geralmente entrego em mãos. Realmente não sei explicar o motivo. O bom que estamos aqui graças ao cartão. Trouxe seu livro. Sem falar na motivação que tem me passado sobre a Física. Tem sido muito bom esse tipo de encontro.

— Pelo que entendi você tá me dizendo meio nas entrelinhas que está ficando interessado em estudar Física.

— Acho que sim. Acredita que já me imaginei assistindo uma aula sua?

— Sério?

– Sim. Inclusive estou bem curioso para ler seu livro.

– Weliton, não sei se vai demorar ou não. Gostaria muito que concluísse brevemente, mas é incerto.

– Sua esposa deve te motivar, afinal ela é professora também.

– Motiva sim. Temos um projeto em comum que trata da conexão entre as disciplinas de Física e Literatura, como já te falei.

– Legal!

Os dois seguiram conversando sobre diversos assuntos. De jantar, comeram uma deliciosa massa Italiana e em seguida apreciaram uma boa sobremesa. Josiel já parecia está um pouco tonto, pois já estavam na segunda garrafa de vinho. Weliton preocupa-se pelo fato de Josiel estar conduzindo o carro. O Celular de Josiel toca. É a sua esposa.

– Não vai atender? Perguntou Weliton.

– Não. É a minha esposa e eu já falei com ela quando estava vindo para cá. Não deve ser importante. Possivelmente é querendo saber se vou demorar mais e não quero interromper nosso jantar. Muitos menos nossa conversa.

– Certo! Sua companhia é sempre muito agradável. Sem falar que aprendi muito com você. Certamente irei estudar mais sobre Física e quem sabe, acredito eu, poderei cursar Física e ser um professor assim como você.

– Show! Pode contar comigo sempre.

Weliton, mesmo tentando disfarçar seu olhar, também percebia a preocupação de Josiel em esconder possivelmente algum sentimento ou interesse que ambos tinham um pelo outro. A temperatura entre os dois, a medida que tomavam mais vinho pareciam aumentar mais e mais. Bem, acho que vou deixar os dois a sós agora, um pouco de lado e falar sobre uma grandeza física fundamental muito importante. Como de praxe, lançarei meu caro leitor a seguinte pergunta: o que é temperatura? Para você que não sabe a definição ou talvez muito improvavelmente nunca tenha ouvido falar, a temperatura é uma das setes grandeza física fundamentais, sendo de natureza escalar e que mede o grau de agitação térmica das moléculas, indicando se um corpo ou objeto está quente ou frio. Quanto maior a agitação molecular, maior é a temperatura.

Se um objeto está quente, isto indica que sua temperatura está elevada, consequentemente a energia cinética das moléculas é alta, ou seja, ocorrendo o que é denominado de dilatação térmica do corpo em questão. Se por acaso, o corpo é resfriado, o fenômeno que ocorrer é o contrário, chamado de contração térmica. A temperatura, conceito bastante importante na termodinâmica, é medida por instrumentos tecnológicos denominados de termômetros. O primeiro termômetro foi construído por Galileu Galilei no ano de 1602. Existem diversos tipos de termômetros, porém um dos mais comuns é o termômetro clínico que deixado em contato com o corpo humano um certo tempo para entrar em equilíbrio térmico e assim determinar se a pessoa está com febre ou não. Se não sabe o que é equilíbrio térmico, aí vai a explicação: quando dois ou mais corpos em um sistema estão com temperaturas diferentes e depois de um certo tempo atingem a mesma temperatura.

Estes instrumentos para medição de temperatura podem estar graduados em umas das três escalas termométricas: escala Celsius (ºC), escala Fahrenheit (ºF) ou na escala Kelvin (ºK). Esta última é considerada como a escala absoluta. Cada uma dessas escalas tem seus pontos de fusão e de ebulição. No caso da água, por aqui exemplo, na escala Celsius, o ponto de fusão é zero graus Celsius e o ponto de ebulição é cem graus Celsius. Cada material tem seu ponto de fusão e de ebulição.

Bem, pensei neste exato momento em uma pergunta que talvez você já possa ter feito em algum momento da sua vida: qual seria a temperatura do espaço? Olha, de maneira meio generalizada, mas não tanto assim, o espaço é tão frio quanto silencioso. Como estamos falando de um universo imenso, com matéria distribuída de maneira desigual em várias partes e em diferentes configurações, tudo depende da distância em que você está em relação à estrela mais próxima (na nossa galáxia, o sol, por exemplo). Mas, em média, o espaço sideral não possui muito calor. Se você pudesse pular em uma situação hipotética de uma nave espacial sem traje, longe do Sol, experimentaria uma temperatura muito próxima do zero absoluto, ou seja, zero Kelvin (aproximadamente - 273 ºC).

Existe uma equação que relaciona as três escalas termométricas. Por meio desta relação pode-se converter um valor qualquer de temperatura, por exemplo, na escala Celsius (T_c) para a escala Fahrenheit (T_f) ou para a escala Kelvin (T_k) e vice-versa. A relação é a seguinte: $T_c/5 = T_f - 32/9 = T_k - 273/5$.

Outro conceito importante e que não poderia deixar de falar é o de calor. Você tem calor? Através do conceito de calor você irá tirar suas próprias conclusões sobre esta pergunta. O calor é gerado pela diferença de temperatura entre dois ou mais corpos. Logo, meu estimado leitor, você não tem calor isoladamente. O calor é o fluxo de energia térmica que passa de um corpo de maior temperatura para um de menor temperatura, necessitando de um meio material para propagar-se. Acredito que você deve ter percebido a íntima relação entre calor e temperatura.

Antes de retomar a história do nosso professor de Física, destacarei que para fazer o cálculo da quantidade de calor que pode está fluindo de um corpo para outro, é de extrema importância o entendimento da diferença entre calor latente e calor sensível. O calor latente observa-se quando um determinado material passa de um estado físico para o outro, porém continua com a mesma temperatura. Um exemplo típico é o caso do gelo em fusão, passando de sólido para líquido e encontrando-se com a mesma temperatura de 0 ºC. O calor latente acaba sendo então a quantidade de energia por unidade de massa que deve ser transferida em forma de calor para que uma amostra mude totalmente de fase, denominando-se de calor de transformação. A quantidade de calor latente (Q) é igual ao produto da massa do corpo (m) e de uma constante de proporcionalidade (L) que depende da mudança de estado físico sem alterar sua temperatura. Para a fusão do gelo, por exemplo, o calor latente de fusão é 80 cal/g.

Meu querido leitor, já para o cálculo do calor sensível utiliza-se a equação fundamental da calorimetria: **Q = m.c.Δt** (a quantidade de calor sensível é igual ao produto da massa do corpo pelo calor específico vezes a variação de temperatura). Lembrando que o calor específico (c) é uma característica de cada material. A água tem um calor específico diferente do da areia. No entanto, ainda não falei sobre a definição de calor sensível. Quis deixar para falar agora: é a quantidade de calor recebida ou cedida por um corpo, ao sofrer uma variação de temperatura sem que ocorra mudança de fase, ou seja, alteração no estado físico da matéria. Gostaria só de pontuar que quando um corpo recebe calor ele aumenta de temperatura e um corpo que cede calor diminui sua temperatura.

Geralmente quando fala-se em calor (uma forma de energia térmica em trânsito em decorrência da diferença de temperatura) e seu processo de absorção ou liberação, caro leitor, associa-se aos processos de propagação ou transmissão de calor, que são três: condução, convecção e irradiação. A condução caracteriza-se pela propagação do calor de molécula a molécula em materiais no estado físico sólido. Já a convecção ocorre sua condução da energia térmica em substâncias fluidas (líquidos ou gases), surgindo, devido à diferença de densidade, o que chamamos de correntes de convecção (um exemplo típico é o princípio de funcionamento do ar-condicionado). Uma outra aplicação das correntes de convecção é na geladeira, que o ar quente sob, com menor densidade, e o ar frio desce, com maior densidade. A irradiação térmica, dentre os processos de transmissão, pode ser considerado um dos mais importantes, pois é através dele que a energia solar chega ao nosso planeta. Nós, seres humanos, se é posso ser considerado um, também emitimos radiação térmica.

Para terminar essa explicação, destaco que a irradiação é a propagação de ondas eletromagnéticas que não necessitam de meio material para se transmitir, enquanto que a condução e a convecção são processos de transferência de calor que precisam necessariamente de um meio material para se conduzir de molécula a molécula.

Estava pensando, pensando e pensando muito como a história do Josiel iria seguir. Tive várias ideias e confesso que estou vivenciando um certo conflito sobre como darei continuidade a vida do meu protagonista. O que escrever agora? O fato é que essa história já existe e com toda a certeza irei finalizá-la de uma forma ou de outra. Se será um final feliz ou trágico, veremos ao final deste livro. O que você espera do Josiel? Você acredita que ele em algum momento irá descobrir os reais sentimentos que sente por Weliton? Sua relação com Marilene será resolvida através da terapia de casal? Bem, falando em terapia de casal, o nosso personagem principal encontra-se neste exato momento da sala da psicóloga Joana para uma sessão individual. Passaram-se dois dias desde o jantar que teve com Weliton. A vida com sua esposa de certo modo parecia ter melhorado, apesar de Marilene ainda demonstrar certa insegurança nas suas sessões de terapias individuais.

— Boa tarde, Josiel! Como foi sua semana?

— Boa tarde, Joana! Foi uma semana normal, como todas as outras. Acredito que Marilene e eu temos evoluído com relação aos nossos conflitos. Meu filho está bem de saúde e no trabalho tudo ótimo. Ah! Aconteceu algo diferente. Tive um encontro com um amigo nesta semana.

— Fico contente que tudo caminhe bem. Depois você me fala sobre este encontro com seu amigo. Mas Josiel, o que de repente pode está interferindo na relação de vocês. Seus sentimentos são os mesmos que no início da sua relação com Marilene? Pelo que entendi, vocês tem feito pouco sexo.

– É complexo essa questão. Acredito que com o tempo a relação vai desgastando de uma forma ou de outra. Ainda amo Marilene. Nossa casamento sempre foi de muita amizade. Realmente não sei explicar.

– Josiel, você sente desejos por outras mulheres?

– Não. A única mulher que sinto desejos é Marilene. Depois do nosso filho, foi que nossas relações diminuíram significativamente. Tem nossa rotina de trabalho também.

– Vocês trabalham juntos?

– Não! Temos alguns projetos em comum. Praticamente todos os dias almoçamos juntos.

– O fato de estarem muito tempo juntos pode ser um fato complicador.

– Não sei, porém acredito que não.

– Existe algo que você não falou para Marilene que pode está te incomodando?

Josiel neste momento fica calado, reflexivo e mais precisamente inquieto. Questiona-se para si mesmo: será que devo falar algo sobre minha relação com Weliton? Passa alguns segundos pensando no que dizer e olhando fixamente para Joana, responde:

– Sim.

– Poderia falar?

– Talvez ela tenha medo de me perder. Porém existe algo que está mais relacionado a mim que não falei para ela.

– Seria algo relacionado a este encontro que comentou que teve com uma pessoa? Um amigo, se não me engano.

– Isso mesmo. Na verdade ela não sabe nada da minha relação com este rapaz.

— Por quê?

— Acho muitas vezes ela invasiva. Querendo saber de tudo da minha vida. O que faço. Tenho a impressão que quer me controlar. Todos os meus passos. Posso, talvez está exagerando, mas é o que sinto. Por isso estou mantendo essa amizade em segredo, ainda.

— Marilene então não soube deste seu encontro?

— Não. Falei que era com um amigo de trabalho, o Ícaro.

— Bem Josiel, aqui na terapia gostaria que fosse o mais sincero possível para poder ajudar na solução dos seus conflitos no casamento. Então você e este rapaz tem encontrado-se e pelo que disse em segredo. A relação de vocês é somente de amizade?

— Não. Estamos nos conhecendo ainda. Não poderia afirmar que já é amizade. Ele é um rapaz muito educado, funcionário de uma livraria e engraçado é que ele não gostava de Física, até me conhece. Em nossas conversas sobre Física ou sobre o livro que estou escrevendo, percebo tenho motivado-o a tentar cursar graduação em Física.

— Vou fazer outra pergunta. Você já teve alguma relação além de amizade com alguém do mesmo sexo?

— Não. Nunca me interessei.

— E por este rapaz, está criando algum interesse além da amizade?

— Joana, realmente não sei dizer. Talvez sim. Talvez não. O fato é que a companhia me faz muito bem. Nossas conversas. Gosto de estar com ele.

— Em algum momento pretende contar para sua esposa sobre sua relação com este rapaz?

— Sim.

– Sobre seus sentimentos nesta nova relação é algo que você, possivelmente com o tempo, irá descobrir. Pelo que percebo é algo novo. Minha preocupação é que você não se machuque e não machuque ninguém. Pense em novas relações que possam realmente fortalecer seu casamento com Marilene, afinal Josiel, acredito que você ama sua esposa. Não é?

Neste instante Josiel fixa seu olhar em Joana. Um olhar parecido com os olhos de ressaca da personagem Capitu do livro **Dom Casmurro** de Machado de Assis, um clássico da literatura brasileira. Veja no texto original como o autor descreve os olhos de Capitu:

> Retórica dos namorados, dá-me uma comparação exata e poética para dizer o que foram aqueles olhos de Capitu. Não me acode imagem capaz de dizer, sem quebra da dignidade do estilo, o que eles foram e me fizeram. Olhos de ressaca? Vá, de ressaca. É o que me dá ideia daquela feição nova. Traziam não sei que fluido misterioso e enérgico, uma força que arrastava para dentro, como a vaga que se retira da praia, nos dias de ressaca. Para não ser arrastado, agarrei-me às outras partes vizinhas, às orelhas, aos braços, aos cabelos espalhados pelos ombros; mas tão depressa buscava as pupilas, a onda que saía delas vinha crescendo, cava e escura, ameaçando envolver-me, puxar-me e tragar-me. Quantos minutos gastamos naquele jogo? Só os relógios do céu terão marcado esse tempo infinito e breve. A eternidade tem as suas pêndulas; nem por não acabar nunca deixa de querer saber a duração das felicidades e dos suplícios. Há de dobrar o gozo aos bem-aventurados do céu conhecer a soma dos tormentos que já terão padecido no inferno os seus inimigos; assim também a quantidade das delícias que terão gozado no céu os seus desafetos aumentará as dores aos condenados do inferno. Este outro suplício escapou ao divino Dante; mas eu não estou aqui para emendar poetas. Estou para contar que, ao cabo de um tempo não marcado, agarrei-me definitivamente aos cabelos de Capitu, mas então com as mãos, e disse-lhe, — para dizer alguma coisa, — que era capaz de os pentear, se quisesse. — Você? — Eu mesmo. — Vai embaraçar-me o cabelo todo, isso sim. — Se embaraçar, você desembaraça depois. — Vamos ver. (Assis, 2019, p. 58-59)

Os olhares, tanto do Josiel, quanto de Capitu, eram como as ondas do mar. Você pode imaginar a complexidade deste olhar? Muitas vezes, acredito eu, os olhos dizem muita coisa, assim podem estar repletos de mistérios. Faço mais um questionamento, meu caro leitor: Você acredita que o Josiel tem sido sincero com sua psicóloga? Confesso que tenho minhas dúvidas, mas quem sou eu para duvidar de alguma coisa? Não sei o que escrever em vários momentos. Deixo as coisas acontecerem. Vou deixar você tirar suas próprias conclusões.

Joana sente-se um pouco constrangida com a fixação do olhar de Josiel. Pensa que talvez seu paciente pode não estar falando toda a verdade.

– Ficou calado? Pode falar no que está pensando?

– Sobre sua pergunta, é óbvia a resposta, Joana. Amo Marilene sim e não imagino uma vida sem ela.

– Muito bom ouvir isto e acredito que suas palavras são sinceras. Vocês têm um filho, fruto dessa relação. O diálogo é muito bom entre ambos e isto deve continuar sendo aprimorado, principalmente através da confiança. Procure não ter segredos com sua esposa. Isto vai fortalecer mais o casamento.

As palavras de Joana ficaram martelando na cabeça de Josiel no caminho para casa, principalmente aquelas que estavam direcionadas para a melhoria de sua relação conjugal com Marilene. Ficou questionando-se sobre o fato da sua relação com Weliton poder prejudicar no futuro o seu casamento. O que você acha, leitor? Essa aproximação de Josiel com Weliton pode prejudicar ainda mais seu casamento? Estava imaginando que isto vai depender do tipo de relação que os dois possam, venham ou estão tendo. Acredito que uma relação de amizade não afetaria, no entanto, caso ocorra um envolvimento mais profundo, acho que será maléfico para o casamento de Josiel com Marilene.

Josiel chega em casa e vai direto para o escritório. Senta-se em frente ao notebook e coloca ao lado uma taça com vinho que segurava e abre o arquivo de seu livro. Toma mais um gole de vinho e procura em sua mente inspiração para escrever. Tenta não pensar mais em seu casamento, em Weliton e nada de sua vida pessoal ou profissional. Busca as palavras certas para desenhar os parágrafos que começa a escrever. Josiel quer digitar nas teclas e construir um texto que fale um pouco sobre a nossa galáxia: a via láctea. Bem, algo meio inesperado acaba atrapalhando o seu raciocínio. É sua esposa Marilene que de repente entra no escritório.

— Amor, faz tempo que você chegou?

— Oi! Não.

— Como foi a sessão com a psicóloga?

— Boa! Conversamos bastante. Acredito que sua ideia de fazermos a terapia terá bons frutos.

— Fico feliz em ouvir isto. Espero não estar atrapalhando seu trabalho. Está escrevendo seu livro?

— Sim. Tive algumas idéias. Aceita tomar uma taça de vinho comigo?

— Melhor não. Vou deixar você sozinho para inspirar-se melhor. Nosso filho hoje está um pouco agitado e necessita da minha atenção.

— Certo. Daqui a pouco passo para cuidar dele também. Beijo!

Após o beijo recebido de Josiel, Marilene sai do escritório. Nosso protagonista tenta retomar suas ideias para o livro. Questiona-se mentalmente: O que será que pode existir além de Plutão (considerado planeta anão em nossa galáxia)? Como será o final da nossa via láctea? São perguntas que a maioria das respostas são muito incertas. São geralmente teorias sem comprovação. É uma discussão complexa e de difícil compressão. Josiel pensa em falar sobre isto no seu livro. Enquanto ele vai escrevendo sua obra, na procura por desvendar os mistérios do universo, tentarei discutir mais com vocês conteúdos de Física, mais precisamente sobre a Dilatação Térmica dos sólidos e dos líquidos.

As perguntas iniciais são justamente as seguintes: o que é dilatação? Um corpo pode aumentar ou diminuir de tamanho? A temperatura estaria relacionada com a dilatação? Respondendo a primeira das perguntas que abrirá caminho para solucionar as outras duas, a dilatação é quando um corpo aumenta de tamanho, ou seja, suas dimensões, isto é em decorrência de uma variação de temperatura positiva. Se por acaso essa variação de temperatura for negativa, o corpo em vez de dilatar irá contrair. O fenômeno da dilatação térmica está muito presente no seu dia-a-dia, como por exemplo nos trilhos de um trem, na construção civil e entre outros. Quando tratamos da expansão térmica é importante destacar que classifica-se em dilatação dos sólidos e dos líquidos. A dilatação dos sólidos divide-se em três tipos: linear, superficial e volumétrica.

Uma das características dos materiais relacionados às propriedades térmicas é justamente o coeficiente de expansão térmica (representado por α, uma letra grega chamada de alfa). Este indica o quanto um corpo pode aumentar suas dimensões quando ocorre um aumento de 1 grau Celsius, Kelvin ou Fahrenheit. Por exemplo, o material do cobre tem um alfa de $1,7 \times 10^{-5}$ graus Celsius elevado a menos 1. Isto indica que quando o cobre eleva sua temperatura em 1 graus Celsius suas dimensões aumentam aproximadamente 0,000017 m.

Bem, irei começar explicando, estimado leitor, a dilatação térmica linear (ΔL). Nesta ocorre aumento apenas do comprimento do corpo em decorrência da elevação de temperatura. A equação para este tipo de expansão é $\Delta L = L_o \alpha \Delta t$, onde α é denominada de coeficiente de dilatação linear, é uma constante característica do material que constitui o corpo, L_o é o comprimento inicial e Δt a variação de temperatura. Basicamente a dilatação térmica linear depende exclusivamente da variação de temperatura, tendo em vista que o alfa não muda e o comprimento inicial sempre é o mesmo.

Ainda tratando da dilatação dos sólidos, o segundo tipo é chamado de dilatação térmica superficial (ΔA) e acontece o aumento de duas dimensões, ou seja, da área do objeto. Assim como na linear, aqui na superficial a dilatação também vai depender necessariamente do aumento da variação de temperatura. A equação utilizada é a seguinte: $\Delta A = A_0 \cdot \beta \cdot \Delta t$, sendo A_o e área inicial, β (beta) o coeficiente de dilatação superficial (equivale a duas vezes o valor de alfa) e Δt a variação de temperatura.

A última das dilatações térmicas dos sólidos é a volumétrica (ΔV). Esta é a mais completa dentre as expansões térmicas dos sólidos, pois ocorre em todas as dimensões do corpo (em nível 3D). A equação que define é: $\Delta V = V_0 \cdot \gamma \cdot \Delta t$, sendo V_o o volume inicial, Δt e variação de temperatura e γ (gama) o coeficiente de dilatação volumétrica (cada substância possui um valor específico). Ele corresponde ao triplo do coeficiente de dilatação linear α da mesma substância ($\gamma = 3\alpha$).

Sobre a dilatação térmica dos líquidos, meu estimado leitor, penso que ficará mais simples o entendimento, pois é um tipo de expansão que acontece quando os líquidos são aquecidos, de forma que suas moléculas fiquem mais excitadas. Para calcular a dilatação dos líquidos é aplicada a mesma equação da dilatação volumétrica dos sólidos. Uma questão importante é que os líquidos tomam o formato dos recipientes que são colocados e tanto os líquidos quanto o recipiente, ao serem submetidos a elevação de temperatura, irão dilatar-se. Destacando que para encontrar a expansão do volume de um líquido, é de extrema importância conhecer o seu coeficiente de dilatação volumétrica.

O interessante, leitor, é que quando um conjunto recipiente mais o líquido são aquecidos, tem-se a sensação de que apenas o líquido teve seu volume aumentado. No entanto, na verdade, ambos os corpos, em diferentes estados físicos, sofrem expansão. Como o líquido tem mais facilidade de absorver calor, sofre uma maior variação de volume do que o recipiente sólido. Isto constata-se com a observação da dilatação aparente ($\Delta V_{aparente}$) do líquido. Porém, sabendo sua dilatação real ($\Delta V_{líquido}$), precisa-se adicionar a dilatação do recipiente ($\Delta V_{recipiente}$), e para isso, deve-se conhecer os coeficientes de dilatação volumétrica tanto do líquido, quanto do recipiente. Logo, a dilatação real do líquido é, dessa forma, a dilatação aparente, somada à dilatação do recipiente.

Percebo que falar sobre o conteúdo de dilatação térmica trouxe-me boas lembranças. Lembranças do tempo em que comecei a escrever histórias, pequenos livros de romances, como uma história de um casal hetero de famílias rivais que apaixonam-se no período da segunda guerra mundial. Também escrevi peças teatrais que inclusive foram encenadas na minha escola quando estudava o ensino fundamental. Um romance cujo o título da obra era "Dupla Paixão" foi um dos meus primeiros inscritos. Era um livro que além de trazer a temática do amor, também tinha muito drama e um suspense sobre e morte de um dos personagens principais, bem como trazia a discussão de alguns temas sociais, como alcoolismo, o aborto e as drogas. Bons tempos este. Tempos que não voltam mais.

Não só de bons tempos poderei falar, pois nossa história passa-se em 2019, mais precisamente no mês de março. Agora já estamos em abril e temos uma pequena passagem de tempo. Já é meados de novembro do mesmo ano e nosso protagonista encontra-se sentado no sofá da sala e vendo o Jornal local com sua esposa Marilene. Conversavam sobre o livro de Josiel que a esta altura estava bem avançado. É exatamente 17 de novembro de 2019 e na TV passa uma matéria de que na China, na província de Hubei, havia ocorrida uma infecção de um homo sapiens de aproximadamente 55 anos por uma doença nova causada por um vírus denominado de COVID-19 (coronavírus SRA-CoV-2). Marilene fica preocupada com a notícia.

— Amor, parece um caso que deve ter bastante atenção.

— Verdade Marilene. Uma doença nova assim, se não combatida, pode transformar-se em um surto.

— Sim. Vamos torcer para que consigam combater, por que com a facilidade de locomoção das pessoas de um lugar para o outro, isto pode passar de um surto para uma epidemia na região.

— Acredito que não vai avançar, mas é preocupante. Já temos muitos casos de doenças que mataram milhões de pessoas ao longo da História da humanidade. Amor, você sabe qual foi a doença que mais matou ao longo da nossa História?

— Acho que foi a malária, se não me engano, no entanto a gripe espanhola matou muita gente. Estima-se mais de 50 milhões.

— E a malária mata muita gente todos os anos devido à fácil contaminação. Li algo na internet que devido à transmissão por mosquitos, os novos casos de Malária atingem cerca de 300 milhões a 500 milhões todos os anos. Aproximadamente 1 milhão de pessoas morrem anualmente devido à malária.

— Os mosquitos são bem perigosos, se pensarmos bem.

— A pandemia da Peste Negra teve notoriedade no século 14 e, durante 5 anos, matou aproximadamente 20 milhões de pessoas.

— Nossa amor, se imaginarmos como já ocorreram casos de doenças mortais ao longo da História da humanidade, será que esse coronavírus não poderia vir a transformar-se em uma nova pandemia?

— Sim, mas se as medidas de prevenção forem rígidas, logo será combatido. Espero.

O questionamento de Marilene parece plausível e real, pois o que ocorreu logo após este primeiro caso foi um surto do COVID-19 em Wuhan, na China. Muitos morreram e a doença de surto ganha ares de epidemia, espalhando-se por diversas regiões e países pelo nosso planeta. Diversas medidas sanitárias, como uso de máscaras, higienização das mãos com sabão ou álcool em gel e de isolamento social são tomadas para conter o avanço da doença, no entanto em praticamente todos os países a COVID-19 chega e assim passa ser considerada uma pandemia. Lockdown em todos os Estados do Brasil foi decretado. Escolas fechadas, comércio, praticamente não existia, durante um certo tempo convívio social. As pessoas se comunicavam via internet, on-line. Na educação, por exemplo, entrou em vigor um novo sistema, denominado de ensino remoto ou híbrido. O medo, a contaminação e o crescente aumento do número de mortes aumentavam diariamente. Em diversos países da Terra ocorreu o que foi chamado de pico da doença.

Muitos estudos são realizados para o desenvolvimento das vacinas. Está, além do isolamento social, é uma das principais medidas de combate ao vírus da COVID-19. São criadas algumas vacinas (Pfizer, Coronavac, Oxford e entre outras) e logo que são autorizadas (estima-se que no início de dezembro de 2020), começam a ser aplicadas por grupos de prioridade. Inicialmente começou pelos profissionais da saúde e pelos idosos (este foi o grupo etário mais atingido com a pandemia), seguindo então por faixas etárias. No Brasil, a primeira dose aplicada ocorreu na cidade de São Paulo/SP na enfermeira Mônica Calazans com a vacina da Coronavac.

Estimado leitor, este período da pandemia da COVID-19 acabou tornando-se de muito medo e de incertezas , inclusive em relação a eficácia das vacinas, uma vez que muitos morreram mesmo com o ciclo vacinal completo. O Brasil foi um dos países com o maior número de mortes, estimando-se cerca de mais de 689 mil. Os Estados Unidos é a nação com o maior número de mortos. A Europa também foi bastante atingida.

O vírus do COVID-19 ao longo da pandemia sofreu algumas mutações, gerando o que acabou sendo chamado de variantes, como por exemplo, a Delta. Com isto, as vacinas tiveram que adaptar-se às variantes e novas doses foram necessárias para a melhor imunização. O nosso protagonista, assim como sua esposa Marilene, já tomaram a 4ª dose de reforço da Pfizer. Foram muitos acontecimentos na vida dos nossos personagens até o presente momento da pandemia, que na verdade não acabou. Nossa história agora passa-se no ano de 2022, mais precisamente em 27 de julho. Marilene ainda tenta confortar-se com a perda da sua babá Suely, pois ela não resistiu a COVID -19. Faleceu em março de 2021, momento de um dos maiores picos no Brasil.

O Josiel neste exato instante encontra-se no escritório em sua casa, escrevendo os últimos parágrafos de seu livro. Claro, também encontra-se com uma taça de vinho ao lado do notebook. A emoção neste momento é enorme e o sentimento de satisfação pela finalização da obra que já vem escrevendo há mais de 12 anos. Pensa em ligar para Weliton, porém antes mesmo de discar o número do celular, é interrompido por sua esposa.

— Amor, posso entrar?

— Claro! Estou tão feliz Marilene!

— Não me diga que, enfim, terminou a escrita do livro?

— Sim, já ia até te chamar para contar.

— Deixa eu te dar um abraço. Temos que comemorar. Vou pegar uma garrafa de vinho para brindar com você. Já estou imaginando o lançamento.

— Certo.

— E sobre a questão do título amor, já decidiu?

— Sim.

— Qual?

— **O Universo de Physiké**.

— Bom! Bastante chamativo. Tenho certeza que vai fazer muito sucesso. Sabe, amor, acho que nós poderíamos ver o lançamento do livro naquela livraria.

— Verdade! Inclusive até pensei que poderia ser lá mesmo. Vou procurar saber tudo direitinho. Tenho que ver a editora também.

– Já estou imaginando o dia do lançamento. Sessão de autógrafos e tudo mais.

– Marilene, e o Mariano já está mais acostumado sem a Suely?

– Ele às vezes pergunta por ela ainda. Essa pandemia do COVID - 19 tirou muitas vidas e continua morrendo muita gente todos os dias. Fico pensando se isto não vai acabar.

– Acredito que teremos que tomar vacina de tempos em tempos.

– E sabe Josiel, vi no jornal que tem surgido alguns casos da varíola dos macacos. Já morreu até gente aqui no Brasil. É preocupante também.

– Sim. Temos que tomar cuidado. A humanidade ainda tem muito o que aprender com estas doenças. As pessoas parecem que estão mais ansiosas. Os casos de doenças mentais aumentaram. E com relação à prevenção da COVID-19, da gripe ou de outra doença transmissível através do ar, a máscara tem se mostrado muito eficiente. Sempre estou usando em sala de aula.

– Eu também. Josiel, você falando sobre as doenças mentais, lembrei que temos sessão de terapia essa semana. Ainda bem que voltaram as sessões presenciais.

– Bem lembrado.

Josiel e Marilene continuaram conversando por um bom tempo ainda. Principalmente em relação à inquietação que sentem em relação às doenças. Ao risco que elas causam no nosso planeta. A verdade, caro leitor, é que a pandemia da COVID-19 parece não ter fim. A pergunta que não quer calar: Será que esta doença vai acabar um dia?

Mudando de assunto, nosso protagonista, já sozinho novamente em seu escritório e agora com a conclusão de seu livro, pensa em encontrar uma boa editora para publicação da obra. O local, este já está meio que decidido. Será na livraria que Weliton trabalha. Josiel fecha a porta e então liga para o funcionário da livraria.

– Oi! Tudo bem! Como você está?

– Oi, Josiel! Estou bem. Estava aguardando sua ligação. A última vez que conversamos você disse que estava concluindo seu livro. Já acabou?

– Rapaz, enfim , terminei.

– Parabéns! Fico muito contente e já ansioso para ler sua obra.

– Obrigado! Você sabe que me deu muita força?

– Sei sim.

– Ah! Queria que você me fizesse um favor. Poderia ver aí na livraria como funciona a questão de lançamento de livro.

– Posso sim. Farei com maior prazer.

– Certo.

– Josiel, também tenho algo para te falar. Saiu hoje o resultado do SISU e eu consegui passar para Licenciatura em Física na UFRJ.

– Você está falando sério?

– Sim.

– Weliton, você me deixou mais feliz ainda agora. E saber que tive certa influência na sua decisão. É muito legal!

– Teve sim. Inclusive vai ser na mesma universidade que você é professor. Será meu professor.

– Com maior orgulho.

O entusiasmo de Josiel com a notícia de que Weliton iria cursar Licenciatura em Física na universidade que trabalha deixou o seu dia ainda mais alegre. Sem falar que acredita na sua influência na decisão de seu futuro aluno. Os dois conversaram por bastante tempo ao celular. O contato de ambos, mesmo diante da pandemia da COVID-19 nunca cessou, praticamente todos os dias se falavam através de chamada telefônica ou de vídeo, quando estava de portas fechadas em seu escritório.

Lembrei agora que no início desta história, em algum momento trouxe uma palavra bastante complexa. Não sei se você, leitor, lembra-se. É um conceito muito importante dentro de qualquer sistema, principalmente nos termodinâmicos. Você recorda que palavra é está? Bem, ela trata da desordem de todo sistema, da sua aleatoriedade, seja ele qual for. Todos os sistemas tendem há um certo grau de desorganização, seja ele maior ou menor.

É conhecida também por ser uma grandeza física utilizada tanto na mecânica estatística quanto na termodinâmica, mais precisamente tratada na segunda Lei da termodinâmica. Chega de mistério, o nome dessa grandeza é

Entropia. Lembram que falei no início desta obra? Não esqueci. Digo mais, todo e qualquer sistema tende a desordem e é praticamente impossível voltar ao grau de organização inicial, pode-se retornar a um grau aproximado do que era antes. Veja este exemplo: você, sem querer, derruba uma taça de vidro no chão, e claro, ela quebra-se em vários pedaços. Você consegue juntar todos os pedaços? Talvez sim e inclusive você pode até colar os pedacinhos de vidro, mesmo que demore muito, no entanto, ao finalizar a colagem, a taça de vidro não é a mesma de antes, é uma aproximação. Acredito que entendeu agora? Ou não? Do mesmo modo, se um quarto está bastante bagunçado, a entropia é alta. A definição de entropia é muito complexa, abstrata e ao mesmo tempo real (concreta). Aconselho, caso tenha interesse, pesquisar mais sobre o tema.

Passam-se algumas semanas e finalmente chega um grande dia para nosso protagonista. Um dia esperado por muito tempo: o lançamento do seu livro. Foram muitos passos para chegar a este momento. Josiel inicialmente pesquisou qual editora iria ficaria responsável pela edição, diagramação e publicação. Marilene auxiliou de maneira eficaz com relação a isto, fazendo uma ótima indicação de uma editora renomada na área de Física. Já Weliton meio que intermediou o contato de Josiel com os responsáveis pela livraria em que trabalha no que diz respeito aos trâmites para o lançamento da obra.

O nosso professor de Física predileto, em meio a tanta felicidade e rodeado de pessoas queridas, encontra-se sentado autografando cada livro com uma dedicatória exclusiva para cada um dos seus convidados. Estavam presentes no lançamento colegas de trabalho e estudantes da universidade que trabalha. Tácio, seu orientando, foi um dos primeiros a receber um livro especialmente autografado. A psicóloga Joana também estava presente e elogiou significativamente a proposta da obra.

– Josiel, irei ler com toda atenção seu livro. A sinopse é bem atraente e o título chamativo. Physiké? Qual o significado? Questionou Joana após receber o livro.

– Então, Physiké refere-se à origem etimológica da palavra Física, deriva do grego e significa natureza. Por isto que a Física é a ciência que estuda os fenômenos que ocorrem na natureza.

– Muito interessante e criativo. Parabéns!

– Obrigado!

Após receber os comprimentos de Joana, Josiel segue com os autógrafos. Marilene estava sempre a observar o marido, mesmo que longe conversando com amigos e também com colegas de trabalho. Ela percebia o quanto aquele momento era importante e motivador tanto para a vida pessoal, quanto profissional de seu esposo. Mariano, filho do nosso casal, não poderia deixar de estar presente e de instante em instante vinha abraçar seu pai, dava um beijo no rosto e saia correndo procurando sua mãe ou algum coleguinha para brincar.

Josiel observava na fila de pessoas em sua frente que esperavam receber o livro autografado se Weliton encontrava-se. Ficou muito contente quando viu o funcionário da livraria aguardando na fila sua vez. Weliton demonstrava um pouco de inquietação e ansiedade. Chega, enfim, o momento de receber seu livro. Josiel faz uma dedicatória bem especial e diz em tom baixo:

– Deixe pra ler a dedicatória quando estiver sozinho. Estou muito satisfeito por toda a sua ajuda para que este sonho fosse realizado. Muito obrigado!

– De nada. Fiz e faria tudo de novo. Você merece tudo isto e muito mais. Irei ler com bastante atenção cada página desta obra. Parabéns!

Neste instante chega Marilene interrompendo o diálogo dos dois.

– Amor, você já autografou meu livro?

– Sim! Está aqui. Dedicatória mais que especial.

– Obrigado! Estou tão feliz! Parece até que o lançamento do livro é meu também.

– Mas é também. Você sempre me deu força e sem falar que estava sempre do meu lado dando todo o apoio.

Percebendo a cumplicidade entre os dois, Weliton saiu discretamente com o livro na mão. Um pouco reflexivo com a situação que acabou de presenciar e com vontade de ler a dedicatória que Josiel pediu que ele lesse somente quando estivesse sozinho. Então, resolveu respeitar o pedido do escritor.

Com a dedicatória do último livro, Josiel levanta-se e pede atenção dos presentes.

– Meus amigos e amigas, colegas de trabalho, conhecidos e claro, a minha esposa Marilene. Quero agradecer imensamente a presença de todos neste dia tão especial e aguardado. Este livro é fruto de muitas horas de escrita e dedicação. Foram 10 anos trabalhando nesta obra. Espero que gostem de **O Universo de Physiké**. Muito obrigado!

Entre os presentes, Marilene foi a que ficou mais tocada com o discurso de Josiel. Lágrimas apareceram em seu rosto. Lágrimas de felicidade e satisfação. Logo após os agradecimentos de Josiel, os convidados começaram a ir embora e termina o lançamento do livro.

Josiel agora encontra-se em sua casa, no seu escritório, sentado de frente ao notebook, tomando uma taça de um dos seus vinhos preferidos e folheando seu livro recém publicado. Os sentimentos que sentia eram de orgulho, satisfação, alívio e claro, de extremo prazer. Vem em seu pensamento uma vontade meio inesperada de tomar um banho de mar. De ir à praia. Chama Marilene, meio que aos gritos.

– Marilene, vem aqui meu amor, por favor.

– Sim.

– O que você acha de irmos à praia neste final de semana próximo? O Mariano certamente vai gostar.

– Acho uma ótima ideia.

A surpresa com o convite de Josiel ficou estampada em seu rosto e seus pensamentos também ficaram questionando-se sobre a repentina vontade de seu marido de ir à praia.

Passam-se alguns dias e nosso casal encontra-se, neste exato momento, na praia de Copacabana. O Mariano não podia faltar, estava brincando com a areia da praia sob a inspeção de sua mãe. Já o Josiel está tomando banho de mar. Nadando nas águas salgadas, começa a agradecer as conquistas da vida em seus pensamentos. Saindo do mar, observa que Marilene está segurando seu celular. Ela por sua vez vai logo falando assim que ele chega:

– Amor, era o Weliton que estava ligando. Aquele funcionário da livraria que te ajudou no lançamento do livro.

– O que ele queria?

– Não sei, quando atendi meio que a ligação caiu.

– Não deve ser nada importante. Vamos caminhar? Está um dia lindo!

O fim desta história está parecendo bem clichê, não acham? O típico final feliz. Mas será que realmente é um felizes para sempre? Possivelmente, amado leitor, quando a inspiração retornar ou não, saberemos se este é o fim. Ou o fim de nossa conversa?

É possível um casamento entre Física e Literatura? 129

Referências

APROSIO, A. P. **Pinóquio no País dos Paradoxos.** Uma viagem pelos grandes problemas da Lógica. Zahar, 2015.

ASSIS, M. **Dom Casmurro**. 2ª edição eletrônica, Brasília /DF, editora Câmara dos Deputados, 2019.

BAKHTIN, M. O problema dos gêneros do discurso. In: **Estética da criação verbal.** Tradução do francês de Maria Ermantina Galvão Gomes Pereira, São Paulo: Martins Fontes, (Coleção Ensino superior): 275-326. 1953 /1992.

BARROS, C.;PAULINO, W. R.. **Ciências:** Física e Química. 8ª Série.- 2ª ed. – São Paulo/SP: Ática, 2002.

BRYSON, Bill. **Breve história de quase tudo**. 1ª edição (tradução de Ivo Korytowski), São Paulo, Companhia das Letras, 2005.

COSSON, R. **Letramento literário**: teoria e prática. São Paulo: Contexto, 2006, p. 120.

CHAM, J.; WHITESON, D. **Não tenho a menor ideia: um guia para o universo desconhecido**. 1ª edição, Rio de Janeiro, editora BestSeller, 2019.

CHERMAN, A. RAINHO, B. **Por que as coisas caem?** Uma breve história da gravidade. 2. ed., Zahar, 2010. Disponível em: https://pt.wikipedia.org/wiki/Simetria. Acesso em 27/07/2021.

HAWKING, S. W. **Uma breve história do tempo**. 1ª edição (tradução de Cássio de Arantes Leite), Rio de Janeiro, editora intrínseca, 2015.

HEWITT, P. G. **Física conceitual**. 9.ed. Porto Alegre: Bookman, 2002.

FARIA, A. C. T. C.,SILVA , Í. B. **Glossário Etimológico de Física.** Natal/RN: IFRN, 2019.

FREIRE, P. **Pedagogia da autonomia:** saberes necessários à prática educativa. 29ª ed. São Paulo: Paz e Terra, 1996.

GASPAR, A. **Física:** Mecânica volume 1,2 e 3. São Paulo/SP: Ática, 2018.

GILMORE, R.. **Alice no país do Quantum:** A física quântica ao alcance de todos. Zahar; 1998).

GOMES, E. F., ALMEIDA, P. N. **Literatura, Ciência e Leitura de romances em aulas de Física:** Discurso, interação e dialogismo sob um olhar Bakhtiniano. Anais do SILEL. Volume 2, Número 2. Uberlândia: EDUFU, 2011.

GREF, Grupo de Reelaboração do Ensino de Física. **Física 1:** Mecânica / GREF. – 3 ed. – São Paulo/SP: Universidade de São Paulo (edusp), 1998.

KOCH, I.V; ELIAS, V.M. **Ler e compreender os sentidos do texto**. 2. ed. São Paulo: contexto, 2008.

LISPECTOR, C. **A hora da estrela**. 23 ed. Francisco Alves,1995.

LOBATO, M. **Viagem ao céu**. São Paulo: Montecristo Editora, 2019.

MARCUSCHI, L.A. **Produção textual, análise de gêneros e compreensão**. 2 ed. São Paulo: Parábola, 2008.

MARTINS, R. de A. **O universo: teorias sobre sua origem e evolução**. 2. ed. São Paulo: Livraria da Física, 2012.

MARTINS, R.A. "**Introdução: a história das ciências e seus usos na educação.**". Estudos de história e filosofia das ciências: subsídios para aplicação no ensino. São Paulo: Livraria da Física (2006): 17-30. Disponível em: http://www.ghtc.usp.br/server/pdf/RAM-livro-Cibelle-Introd.pdf. Acesso em: 27 de novembro de 2021.

MÁXIMO, A. R. L.,ALVARENGA, B. A. **Física – Coleção de olho no mundo do trabalho**. A física no campo da ciência. São Paulo/SP: Scipione, 2017.

MICHAELIS: **Moderno Dicionário português**. São Paulo: Companhia Melhoramentos, 2000.

NETO, Pasquale Cipro. **Português passo a passo com Pasquele Cipro Neto**. Barueri – SP: God, 2007.

PARANÁ, D. N. S. **Série Novo Ensino Médio:** Física volume único. – 6ª ed.- São Paulo/SP: Ática, 2003.

PEDDUZZI, L. O. Q. Sobre a utilização didática da História da Ciência. In: PIETRO COLA, M. **Ensino de Física: conteúdo, metodologia e epistemologia numa concepção integradora**. Florianópolis: Editora da UFSC, 2001.

PEDUZZI, L. O. Q.; Martins, P. A. F.; Ferreira, J. M. H. **Temas de História e Filosofia da Ciência no Ensino**. Natal: EDUFRN, 2012.

PIRES, A.S.T. **Evolução das Ideias da Física**. 3ª ed. Livraria da Física, 2011.

ROCHA et al. **Origens e evolução das ideias da Física**. EDUFBA, 2011.

SECRETARIA DE EDUCAÇÃO MÉDIA E TECNOLÓGICA. **Parâmetros Curriculares Nacionais. Ensino Médio: ciências da natureza, matemática e suas tecnologias**. Brasília: Ministério da Educação/Secretaria da Educação Média e Tecnológica, 1999.

SILVA, Í. B.; TAVARES, O. A. O. **Uma Pedagogia Multidisciplinar, Interdisciplinar ou Transdisciplinar para o Ensino/Aprendizagem da Física**. Revista Holos - IFRN, Volume 21, p. 4-12, 2005.

SNOW, C. P. **As duas culturas**. São Paulo: Edusp, 1997.

ZANETIC, J. **Física e cultura**. Cienc. Cult. Vol.57 nº 3, São Paulo, 2005.

ZANETIC, J. **Física e Literatura: construindo uma ponte entre as duas culturas**. História, Ciências, Saúde – Manguinhos, v. 13 (suplemento), p. 55-70, outubro 2006.

O autor

Ítalo Batista da Silva nasceu na cidade de Olho D`Água dos Borges, Rio Grande do Norte/RN (Brasil) em 24 de Março de 1984. Doutor, mestre e especialista em Ciência e engenharia de petróleo pela Universidade Federal do Rio Grande do Norte (UFRN). Graduado em Física pelo Instituto Federal de Educação, Ciência e Tecnologia do Rio Grande do Norte (IFRN). É professor do ensino básico, técnico e tecnológico no IFRN/ Campus João Câmara e coordenador do Grupo de Estudo e Pesquisa em Ensino de Física (GEPEF) no IFRN.